प्रियांका जायसवाल

Invincible Publishers

First published in India in 2018

ISBN: 978-93-88333-21-4

Invincible Publishers
G-120, Sushant Lok III, Sector 57, Gurgaon-122002
Registered Address: Opposite Kasturba Ashram,
Radaur, Haryana–135133

परिचय, प्रेरणा

मां श्यामा माई की कृपा से मैं पूर्णियां (बिहार) की रहने वाली लेखिका प्रियंका जायसवाल बचपन से ही लिखना पसंद करती थी। मेरा जन्म ११ दिसम्बर १९७८ में हुआ था। मैं एक हाइली क्वालिफाइड परिवार से बिलोंग करती हूं।

बचपन से ही मुझे लिखने का शौक रहा है जिसमें मेरे परिवार का पूरा-पूरा सहयोग मुझे मिला।

हमारे ज़माने में लड़कियों को बाहर घूमने-फिरने या शहर से बाहर जाकर पढ़ाई करने की इज़ाजत नहीं थी, पर फिर भी चुकि मेरा परिवार एक पढ़ा लिखा परिवार था इसलिए मुझे बाहर घुमने फिरने और पढ़ाई करने की इजाजत मिली थी।

मुझे आज भी वो दिन याद है जब मैंने पटना से मेडिकल टेस्ट एग्जाम फस्ट डिवीज़न से पास किया था। पर समाज के कायदे कानून ने मेरे पापा को मुझे पढ़ाई के लिए शहर से बाहर भेजने से मना कर दिया और तब चुंकी मेरी पढ़ाई खत्म होने वाली थी इसलिये पापा के दोस्तों ने मेरी शादी के लिये लड़का देखने का फैसला किया।

मैं गुस्से से अपने पापा से दस दिन बात नहीं की थी, फिर पापा ने मुझे समाज के कायदे कानून के बारे बताया और साथ ही साथ मुझे हौसला देते हुए ऐसा कहा की "बेटा तू घर बैठे कुछ ऐसा कर जिस्से सारी दुनियां में तेरा नाम हो, बेटा तुझे लिखने का बहुत शौक है तू राइटींग कर और राइटर बन जा"। उनसे प्रेरणा पाकर मैंने मेरी पहली हिन्दी किताब ''परोपकारिता की पराकाष्ठा'' लिखी।

पर फिर मेरी शादी हो जाने के कारण मुझे राइटींग छोड़नी पड़ी।

कुछ साल बाद जब मेरे बच्चों के स्कूल के प्रोजेक्ट और मैगज़िन में मेरी लिखी हुई कहानीयों और कविताओं को स्थान मिलता गया तो मैं गणिनाथ न्यून पेपर में भी लिखने लगी जो लोगों ने भी पसंद किया और फिर धीरे-धीरे मेरे बच्चे, पति और मित्रगण के बढ़ावे के वजह से मेरी १९९९ की लिखी हुई कहानी ''परोपकारिता की पराकाष्ठा'' २०१७ में प्रकाशित हुई।

और फिर मैंने यह ''लव यू इक अनकही सी'' लिखी है।

आज मेरी लिखी हुई कविताओं को रेडियो में भी प्रसारित किया जाता है।

आज मेरे पापा (स्व० संजीत लाल) इस दुनियां में नहीं हैं पर मेरी राइटींग के लिय उनकी प्रेरणा, उनका समर्पण सब मुझको याद है। मैं मेरी कहानी ''परोपकारिता की पराकाष्ठा'' से मेरे पापा का आभार प्रकट करते हुए उनको समर्पित करती हूं।

आभार

1. मैं मेरे पति, बच्चे, परिवार, राइटर्स, मित्रगण, समाज के लोगों, प्रकाशक, सभी की आभारी हूं। जिन सब के भी बढ़ावे से आज मैं दुनियां वालों के सामने एक लेखिका के रूप में नजर आई हूं और सभी लोगों से उम्मीद करती हूं कि जैसे आप सबने "परोपकारिता की पराकाष्ठा" को पसंद किया है उसी तरह "लव यू इक अनकही सी" को भी पसंद करेंगे।
2. मेरे पाठक जिन्होंने मुझे इतना प्यार दिया आप ही के कारण मैं वह कर पा रही हूं जो मैं करना चाहती थी। वे तमाम मेरे फेसबुक, इंस्टाग्राम, वॉट्सअप के फ्रेंड्स जिनसे मैंने इस किताब के सिलसिले में बात की उन सबकी भी आभारी हूं क्योंकि उन सब के विचारों के बगैर यह किताब पूरी नहीं हो पाती।
3. अवन्तिका लाल और संजय जायसवाल जो मेरे पहले पाठक हैं वह केवल किताब में ही नहीं बल्कि जिन्दगी में भी यह बताते हैं कि क्या कारगर है और क्या नहीं मैं उनकी भी आभारी हूं।
4. बाल्मिकी प्रसाद यादव, उपेन्द्र कुमार, अरूण कुमार सिंह, विद्या कुमार झा, डॉ कविश्वर ठाकुर, हीरा लाल सहनी, डॉ प्रीतम कुमार मैं इन सब की भी आभारी हूं किताब की पांडुलिपी पर बेहतरीन टिप्पणियां करने के लिए।
5. प्रोड्यूसर राइटर रवि चौहान जी की भी आभारी हूं मेरी राइटिंग में निखार लाने के लिए।
6. मैं ऑल इंडिया रेडियो स्टेशन के डायरेक्टर कुशमाकर दुबे, रंजन जी की भी आभारी हूं जिन्होंने मेरी कविताओं को पसंद करके मुझे रेडियो में अपनी कविताओं को सुनाने का मौका देते हैं।
7. उन अखबारों का जो मेरे कलाम छापते हैं मैं उनकी भी आभारी हूं।
8. मैं स्कूल की प्रिंसिपल की भी आभारी हूं जो मेरी कविताओं को स्थान देते हैं।
9. मेरे किताब को बढ़ावा देने के लिए डॉ एस.के. सिंह वाइस चांसलर ऑफ ललित नारायण मिथिला वि वविद्यालय, दरभंगा, श्री मिट्ठू खेड़िया पूर्व मेयर ऑफ दरभंगा, मिसेज बैजयंती खेड़िया मेयर ऑफ दरभंगा, डी.एस.पी. दरभंगा अमर नाथ झा, डी.आइ.जी दरभंगा विनोद कुमार, एस.एस.पी. दरभंगा सत्यवीर सिंह, डीएम दरभंगा डॉ चन्द्रशेखर सिंह, और मंत्री मदन सहनी इन सब की भी आभारी हूं ।

10. मैं अखिलेश कुमार चौधरी, किरण कुमार झा की भी आभारी हूं मेरी कहानी को टाइप करने में सहयोग करने के लिए।

इन सब का आभार मानते हुए मैं ''लव यू इक अनकही सी'' में आप सबका स्वागत करती हूं।

प्रस्तावना

प्रियंका जायसवाल जी द्वारा लिखित यह लम्बी कहानी (लव यू इक अनकही सी) को हमने पढ़ा है। आज के समय में जब की सच्चे प्यार की कमी के बावजूद कुछ ही कथाकार ऐसे हैं जो सच्चे प्यार की सफल रचना कर पाते हैं।

ऐसे जो कथाकारों की कड़ी है, उनमें प्रियंका जायसवाल जी ने सफलतापूर्वक अपने को जोड़ा है। लगभग एग्यारा सदस्यों को समेट कर चलने वाली कुछ एक सौ **त्रिस्थ** पृष्ट की (लव यू इक अनकही सी) कहानी लिखने के लिए मैं उन्हें साधुवाद देता हूं।

यह कहानी प्रिया त्रिपाठी की जिन्दगी की चुनौतियों की कहानी है जो पूरी उम्र एक ही लड़के से प्यार करती रह गई। वर्तमान परिवेश में ऐसा विरले ही होता है। बहरहाल इस कहानी का शीर्षक (लव यू इक अनकही सी) रखा गया है।

इस लम्बी कहानी में पाठक को बांधने की अदभुत क्षमता है।

प्रिया त्रिपाठी जो कि सभ्य, नम्र स्वभाव, इमानदार, दयालु, आत्मस्वाभिमानी, दूसरों की भावनाओं की कद्र करने वाली, अपनी सच्चाई के साथ चुनौतियों का सामना करने वाली, प्रतिष्ठित, भगवान पर विश्वास करने वाली एक आस्तिक पर संकोची स्वभाव, अपनी किसमत पे नाज करने वाली लड़की की कहानी है। क्या अपनी किसमत पे नाज़ करने वाली प्रिया त्रिपाठी की किसमत इतनी बुलंद है कि वह अपने पहले प्यार को सिर्फ अपने किसमत के भरोसे पा सकेगी या फिर उसी किसमत के वजह से उसकी ज़िन्दगी एक नया मोड़ ले लेगी, आइये जानने के लिए पढ़ते हैं प्रिया की जिन्दगी की चुनौतियों की कहानी।

उम्मीद करता हूं ऐसी प्रेम कहानी पाठक को बहुत ही पसंद आएगी। हमें विश्वास है कि जिस तरह आप सबने इनकी कहानी "परोपकारिता की पराकाष्ठा" को पसंद किया है उसी तरह यह कहानी "लव यू इक अनकही सी" को भी पसंद करेंगे।

ऐसी कहानी लिखने के लिए हम सब लेखक प्रियंका जायसवाल जी को धन्यवाद देते हैं और ढ़ेर सारी शुभकामनाएं अर्पित करते हैं।

आर. के. भगत

डॉ. प्रीतम कुमार

ठाकुर धीरेंन्द्र सिंह

डॉ. एस. एन. दास

मैं मेरी जिन्दगी और मैं

मेरी जिन्दगी कुछ खट्टी सी, कुछ मीठी सी, कुछ पूरी सी, कुछ अधूरी सी, कुछ हंसी सी, कुछ ठिठोली सी, कुछ वेद ग्रंथों की झोली सी, कुछ पतझर की मेलों सी, कुछ फूलों की हार सी, कुछ समागम की डोली सी, कुछ वक्त की आवाज सी, कुछ आंधी की थपेड़ों सी, गर्मी में भी उन बूंदों सी, बारिश में मिट्टी की खूशबू सी, ठंड में अग्नि की गर्माहट सी, वसंत आये तो ऋतु सी, भूख लगे तो दानों सी, प्यास लगे तो पानी सी, मोगरा की उन खूशबू सी, कुछ सावन की झूलों सी, कुछ हरियाली खेतों सी रहा करती हैं।

होठों पर मुस्कुराहट लिए अपने तकदीर पर नाज करती हूं क्योंकि मेरा मानना है भगवान भी उसी का साथ देते हैं जो चेहरे पर हंसी लिए अपनी समस्याओं को सुलझाते हैं। मेरा मानना है चाहे मुझे जिन्दगी में कितनी भी चुनौतियों का क्यों न सामना करना पड़े डट कर करूंगी और जीत कर दिखाउंगी। मैं हमेशा सच बोलने वाले लोगों को पसंद किया करती हूँ पर ऐसा भी नहीं है कि झूठ बोलने वाले लोगों से नफरत किया करती हूं। हाँ झूठे लोगों से दूरी बनाए रखने में अपनी भलाई समझती हूं।

मैं किसी को पलटकर जवाब नहीं दिया करती पर अपने रास्ते खुद तय कर लेने में विश्वास किया करती हूं। वैसे तो मैं बहुत ज्यादा मेहनती नहीं पर सच्ची, दयालु, आत्मस्वाभिमानी एक प्रतिष्ठित महिला हूं। मेरे सर को कोई काट दे मंजूर है **मुझे** पर आत्मस्वाभिमान को कोई ठेस पहुचा दे यह नामंजूर है **मुझे**। मैं भगवान पर विश्वास रखनेवाली एक आस्तिक महिला हूं, मेरी तकदीर कुछ ऐसी है कि बुरे लोग मेरे करीब नहीं रह पाते, अच्छे लोग दूर नहीं।

हमेशा से मुझे लिखने के साथ-साथ गेम खेलना बहुत पसंद था, मैं अपनी जिंदगी को भी एक गेम के तरह खेलती हूं और अपनी तकदीर से हर एक गेम में जीत भी जाती हूं।

मैं जिन्दगी में रिस्क उठाने को तैयार रहती हूं क्योंकि मेरा मानना है रिस्क वही लेते हैं जो सीने पे गोली खाने का दम रखते हैं।

मैं हमेशा पॉजिटिव थिंकिंग रखना पसंद करती हूं, क्योंकि पॉजिटिव थिंकिंग से दुनिया खूबसूरत हो जाती है और क्या पता कभी भगवान को इस भीड़

भरी दुनियां में मैं भी दिख जाऊं, जिसे भगवान पे इतना नाज है और मेरी झोली में भी वह प्यार की मोती डाल दे जिसकी मैं हकदार हूं।

पाया जो मैंने खोया है इतना, खो कर भी भगवान ने हंसाया है उतना। शुक्रिया है मेरे दुश्मनों का क्योंकि दुश्मनों ने मुझे पार लगाया है इतना। कोई मुझे तोड़ सके तो तोड़ कर दिखा दे क्योंकि जितना ही तोड़ेंगे मैंने अपने आप से वादा किया है, मैं उतना ही जुड़कर दिखाउंगी।

पत्थर नहीं जो टूट जाऊँ, शीशा नहीं जो चूर-चूर हो जाऊँ, मोम नहीं जो अग्नि के करीब पिघला जाऊँ, वस्तु नहीं जो बिक जाऊँ। मैं तो एक एहसास हूँ जो छूकर आपके दिल को निकल जाऊँ।

नदी की धारा हूँ मैं कोई तालाब नहीं जो रूक जाऊँ। समन्दर की सीप हूँ मैं, कोई लहर नहीं जो उठकर शांत हो जाऊं, एक तेज हूँ मैं कोई आंधी नहीं जो सबकुछ उड़कार अपनी ओर निकल जाऊँ, प्यार का कोई पहला अक्षर नहीं जो अधूरा रह जाऊँ, मैं तो भगवान को चढ़ानेवाला वह फूल हूँ जो मुरझा जाने के बाद भी गंगा में प्रवाह कर दि जाऊँ।

चंडीगढ़ की रहने वाली प्रिया त्रिपाठी सुंदर, गोरी, लम्बी और सभ्य, नम्र स्वभाव, सिधी साधी, बड़ों का आदर, हम उम्र से अपनापन और छोटों से प्यार करने वाली लड़की थी। प्रिया का मानना था चाहे इंसान को जिंदगी में कितनी भी चुनौतियों का क्यों न सामना करना पड़े पर सच्चाई हमेशा हर चुनौतियों को आसान कर देती है, शायद ऐसा इसलिए था क्योंकि प्रिया हमेशा सच बोलने वाले लोगों को पसंद किया करती थी पर ऐसा भी नहीं था कि प्रिया झूठ बोलने वाले लोगों से नफरत किया करती थी। "हाँ" वह झूठे लोगों से दूरी बनाये रखने में ही अपनी भलाई समझती थी, प्रिया किसी को भी कभी पलट कर जवाब नहीं दिया करती थी "पर अपने रास्ते खुद तय कर लेने में विश्वास किया करती थी"। वैसे तो प्रिया बहुत ज्यादा मेहनती लड़की नहीं थी पर सच्ची, इमानदार, दयालु, आत्मस्वाभिमानी, दूसरों की भावनाओं का कद्र करने वाली एक प्रतिष्ठित पर संकोची स्वभाव वाली लड़की थी।

वैसे तो प्रिया शराफत की मूरत थी पर मस्ती करने में भी नं० वन थी। प्रिया अपने कर्म से ज्यादा अपने तकदीर और तकदीर बनाने वाले भगवान पर विश्वास करने वाली एक आस्तिक लड़की थी।

प्रिया की तकदीर भी कुछ ऐसी थी, कि बुरे लोग कभी उसके करीब नहीं रह पाते थे और अच्छे लोग उससे दूर नहीं।

प्रिया में एक और बहुत बड़ी खुबी थी, वह कभी कभी खुद अंगारों पर चलकर भी दूसरों को सही रास्ते में लाने की कोशिश किया करती थी और अपनी किस्मत से हर एक चुनौतियों का सामना कर उसमें खरी भी उतर जाया करती थी।

वैसे तो प्रिया ज्यादा देर तक पढ़ाई करते रहना पसंद नहीं किया करती थी पर उसे बचपन से लिखना और खेलना कुदना बहुत पसंद था, जब वह लिखने में मग्न हो जाया करती थी तो उसके इर्द-गिर्द कौन है, क्या हो रहा है ? उसे कुछ

दिखाई नहीं देता था, वह लगातार घन्टों घन्टा लिखने में जुट जाया करती थी "मानो वह लिखने में खो सी गई हो"।

क्या उसकी यह सब आदतों की वजह से यह दृष्य होता है कि प्रिया के अंदर एक लेखक बनने की प्रतिभा है ?

क्या अपने किस्मत पे नाज़ करने वाली प्रिया की किसमत इतनी बुलंद है कि वह अपनी पहली प्यार को सिर्फ अपने किसमत के भरोसे पा सके या फिर उसी किसमत के वजह से उसकी जिन्दगी एक नया मोड़ ले लेगी, आइये जानने के लिए पढ़ते हैं प्रिया की ज़िन्दगी की चुनौतियों की कहानी।

यह बात उस समय की है जब प्रिया दस साल की थी; वह अपने पिता अनुराग त्रिपाठी के साथ चश्में की दुकान पर उनके चश्मे का फ्रेम पसंद करने गई थी, दुकान वाले की बेटी नीतू जो कि प्रिया से दो साल उम्र में बड़ी थी वह भी अपने दुकान में मौजूद थी, जान पहचान की दुकान वाले होने के वजह से प्रिया और नीतू एक दुसरे को जानते थे इसलिए दोनों बच्चे आसानी से घुल मिल गए और खेलने लगे।

थोड़ी देर बाद नीतू ने अपने पापा से कोल्ड ड्रिंक की फरमाइश की, उसके पापा नीतू के साथ प्रिया के लिए भी कोल्ड ड्रिंक मंगवाए।

नीतू और प्रिया दोनों ही मजे में दुकान की कुर्सी में बैठकर पैर हिलाते हुए थंडे-थंडे कोल्ड ड्रिंक का मजा लेने लगी। तकरीबन दस मिनट बाद दोनों की कोल्ड ड्रिंक खत्म् हो गई और बोतल कुर्सी के नीचे रखकर दोनों मजे में खेलने लगी, थोड़ी देर बाद थककर प्रिया और नीतू हसते हसते जोर जोर से पाव हिलाने लगी; जब की प्रिया उसे मना कर बोटल को नीतू के पाव के नीचे से हटाती इतने में नीतू अपने पाव से ठोकर मार कर बोतल तोड़ के इलज़ाम प्रिया पर डाल देती है।

"अरे प्रिया तुम्ने बोतल तोड़ दिया न" नीतू ने प्रिया से कहा। प्रिया आश्चर्य से उसे देखने लगी।

इतने में ! नीतू डर के मारे दौड़ती हुई अपने पापा के पास चली गई और कहने लगी

"पापा पापा देखो प्रिया ने कोल्ड ड्रिंक के बोतल तोड़ दिये"। नीतू ने प्रिया पे झूठा इल्ज़ाम लगाते हुए कहा। यह दोनों दुकान के अंदर के रूम में बैठकर कोल्ड ड्रिंक पी रही थी इसलिये किसी ने सच्चाई नहीं देखी थी पर प्रिया के पापा आश्चर्य

भरी नजरों से उसे देखने लगे क्योंकि अनुराग को यह बात पता था कि प्रिया चंचलता सिर्फ घर पर दिखाती है बाहर नहीं,

उस वक्त तो प्रिया के सिधे-पन का फायदा उठा कर नीतू जीत गई पर घर पर जब उसके पिता ने उससे सच्चाई पूछा तो उसे सारी बातें सच सच बतानी पड़ी।

"तुम्ने वहा पर सच बोला क्यों नहीं" अनुराग ने कहा। "अगर मैं सच बोल देती तो नीतू दीदी को बहुत डांट पड़ती" प्रिया ने अनुराग से कहा। अरे बेवकुफ सच बोलनी चाहिए थी ना बेटा "वह तुम पर इल्ज़ाम लगा रही थी और तुम चुप-चाप सह रही थी, इतनी भलाई भी अच्छी नहीं कि खुद को ही परेशानियों का सामना करना पड़े" अनुराग ने प्रिया को समझाते हुए कहा" । पर कहते हैं ना सच को कितना भी छीपाओं वह छीपता नहीं; कुछ दिनों बाद प्रिया तो इन सब बातों को भूला चुकी थी पर उस दिन से नीतू न जाने क्यों बेचैन सी रहने लगी थी और आखिरकार एक दिन नीतू प्रिया के एहसान को मानते हुए उससे मांफी मांगने उसके घर चली आई और उसे दिन नीतू ने चैन का सांस लिया; और नीतू ने साथ ही साथ प्रिया से यह भी कहा कि तुम्पर झूठा इल्जाम लगा कर भी मैं खुश नहीं थी और तुम अपने सर पर झूठा इल्जाम लेकर भी खुश थी क्योंकि तुम सच्ची थी इसलिये तुम्हे किसी बात की डर नहीं थी; और तब प्रिया ने उसे समझाते हुए कहा। "झूट की इमारत ज्यादा दिनों तक नहीं टिकती" एक न एक दिन सच की शीतल हवा अपने झंडे को लहराते हुए झूट की इमारत को गीरा ही देती है।

और तब उस दिन से मानों प्रिया की कही हुई बातें नीतू के दिल को छू गई हो; और नीतू उस दिन से झूट बोलने की अपनी गंदी आदत को सुधारने का प्रिया से वादा करने लगी। और इसी तरह से सीखते-सीखाते वक्त बीतता जा रहा था।

कुछ साल बाद :

प्रिया किशोर अवस्था में अपनी कदम रख चुकी थी, नई-नई जवानी में रखा हुआ वो पहला कदम वो नादानी भरी झलक, वो अलहर सी बातें, वो प्यारी सी हवा की मुस्कुराहट, वो सब कुछ अचानक बहुत खुबसूरत सा लगना, वो प्यार का एहसास होना, मानों दिल में रंग-बिरंगे फूलों का खिलना, मानों हजारों अरमानों का दिल में दस्तक देना, मानों चंचल हवाएं प्रिया के दिल को गुदगुदा रही हो, इन सब बातों की एहसास उसमें होने लगी थी।

छह महीने बाद :

आज सुबह की पहली किरण के साथ प्रिया बहुत खुश थी, क्या आज से उसकी जिन्दगी में एक नया मोड़ आने वाला था ? क्या आज उसकी खुशी उसके लिए कोई नया पैगाम लेकर आने वाली थी, न जाने क्यूं आज उसका दिल जोरों से धड़क रहा था, वो प्यार भरी निगाहों में अपने अरमानों भरे दिल में दिपक लिय जलाने लगी थी, आज मानों किसी को वो देखने के लिय बेचैन थी, किसी को जानने के लिय बैचैन थी मानों चुपके से आ कर आज किसी ने उसके दिल में दस्तक दे डाली हो !

आज प्रिया अपने परिवार के साथ पूजा टॉकिज फस्ट डे, फस्ट शो नई रीलीज़ हुई फिल्म् देखने जाने की तैयारी करने लगी, उसकी दिल की धड़कन थी जो आज एक पल के लिए भी रूकने का नाम हीं नहीं ले रही थी, मानों आज वो दिवानी सी होने लगी थी, मानों वो मन ही मन मुस्कुराने लगी थी, मानों पूरे जग के फूलों के पौधों मे सुंदर सुंदर फूल खिलने लगे हो, मानों हवाओं में मीठी सी ठंडक के एहसास होने लगे हो।

अपनी खुशी को समेटे हुए हजारों अरमानों को अपने आंखों में संजोए हुए वह पूजा टॉकिज फिल्म् देखने पहुंची।

उसकी दिल की धड़कन और भी तेज होने लगी; वह घबराते हुए इधर उधर देखने लगी पर उसकी दिल की बैचैनी थी जो रूकने का नाम ही नहीं ले रही थी, अपनी बेचैन निगाहों से आज मानों किसी को ढुंढ़ने लगी हो, मारे खुशी से वो खिलने लगी हो।

अनुराग उसे कुछ दिखाना चाहते थे पर जैसे ही प्रिया अपने पिता के कहने पर नज़रें घुमाई की बीच में एक बड़ी सी गाड़ी आ कर खड़ी हो गई और वह देख न पाई।

प्रिया अपने बेचैन निगाहों के साथ पूजा टॉकिज के हॉल के अंदर प्रवेश करने लगी "कि अचानक" उसकी हाथ से किसी की हाथ टकराई वह तड़प उठी उसे देखना चाहती थी, उसे पहचान्ना चाहती थी, उसे जानना चाहती थी पर भीड़ की वजह से वह आगे निकलती गई। उसकी तड़प थी जो रूकने का नाम ही नहीं ले रही थी, उसकी धड़कन पल भर को भी थम नहीं रही थी, धीरे धीरे कर हॉल की बत्तीयां बूझनी लगी कि अचानक उसकी बगल की सीट में आकर कोई बैठा पर बत्तीयां बुझ जाने के वजह से वह उसे देख न पाई, इतने में फ़िल्म शुरू हो गई; कि अचानक पर्दे की रोशनी में एक लड़का दिखा; वह उसे पहचानी, उसे जानी

और तब मानों सब कुछ थम सा गया हो, रूक सा गया हो, जान्ने के बाद तड़पते हुए दिल को मानों संकू सा मिल गया हो जैसे मानों फूलों की बरसात हो गई हो, जैसे कड़ाके की गर्मी में कहीं से ठंडी हवाओं का झोंका सा चल पड़ा हो, दिल में एक अरमान खिल गया हो, मानों उनसे एक उम्मीद सी जग गई हो, और आज से वह अपने पहले प्यार को देख कर उसकी पूजा ही करने लगी।

अब हर जगह प्रिया आज से उन्हें ही देखने लगी; आखिर कौन था वह ? जिसे देखने से उनसे बातें करने से कभी उसके पिता भी उसे रोक ना पाऐं, उनकी तस्वीर अपने आंखों में लिए वह कहानी, कविताऐं, शेरो शायरी लिखती गई और बड़ी होती गई।

<u>कुछ साल बाद :</u>

प्रिया स्कूल पास करके कॉलेज में आ चुकी थी, स्कूल के तरह कॉलेज में भी उसकी सभी सहेलियां अपने-अपने वाय फ्रेंड के बारे बातें किया करती थी पर अभी तक प्रिया किससे प्यार करती है; ये बात किसी को पता नहीं थी और आखिर कार एक दिन अपनी सहेलियों के बहुत जिद करने पर प्रिया अपने प्यार के बारे बता ही देती है। सभी सखियां उसके प्यार के बारे में जानने के बाद उसे सिर्फ इतना ही कहती है "सपना देखो सपना" भला ऐसी भी कोई मुहब्बत होती है।

"पहली नजर में मुझे उनसे प्यार हो गया तो मैं क्या करूं" प्रिया ने प्यार भरी मुस्कुराहट के साथ कहा। "ये मुहब्बत नहीं प्रिया तेरी पागलों वाली दिवानगी है" बीना ने कहा।

"इसी दीवानगी को ही तो मुहब्बत कहते हैं" रेबू ने कहा।

"तुम दोनों पागल हो गई हो" फिर से बीना ने कहा। "प्रिया हो सकता है कल को तुम दोनों नदीं के दो किनारे भी हो जाओ जो साथ साथ तो चल सकते हो पर कभी एक नहीं हो सकते" मीना ने कहा।

"अगर उनके प्रति मेरा प्यार सच्चा है तो एक दिन में उन्हें पाकर ही रहुंगी" प्रिया ने भावनाओं में बहते हुए कहा।

ज़मी से मुहब्बत नहीं हमें
चांद से दिल लगा बैठे

जिनको माना है मुहब्बत का खुदा

उनही से नज़रे चुरा बैठे

प्रिया ने मन ही मन कहा। ‘‘हां दिल तो बस दिल है वो पहली नजर में उनका हो गया तो ये क्या करें” सभी सहेलियों ने आपस में बातें करते हुए प्रिया के बारे कहा।

कही न कही प्रिया को भी यह समझ आ रही थी कि वह जिससे प्यार करती है क्या उसे पाना आसान होगा ? पर उसका दिल था जो किसी और को उस रूप में देखने को राजी ही नहीं था।

क्या प्रिया की बुलंद किसमत उसे उसकी मुहब्बत से मिलन करा पाऐगी या फिर उसकी मुहब्बत की कहानी बस एक कहानी ही बन कर रह जाऐगी ?

अब तक प्रिया ग्रेजुएशन की पढ़ाई के साथ साथ सुंदर कविताऐं, और अच्छी अच्छी कहानियां लिखने में निपूर्ण हो चुकी थी। अब उसकी लिखी हुई सारी बातें धीरे-धीरे कर मैगजीन्स और न्यूज पेपर में छपने शुरू हो गये थे; अब वो एक बड़ी लेखक के रूप में लोगों की नजरों में आनी लगी थी; उसकी मैगजीन्स में आटीकर्ल्स, कहानीयां इतनी पोपुलर हो चुकी थी कि वह मुंबई की बॉलीवुड इंडस्ट्री तक पहुंच चुकी थी। एक समय की बात है जब प्रिया फिफ्थ स्टैण्डर्ड में थी; प्रिया की वीलसन स्कूल में स्पीच कम्पटीशन हो रही थी, प्रिया ने भी अपने दोस्तों के साथ कम्पटीशन में भाग लिया था।

यह कम्पटीशन दो दिन की थी; पहले दिन प्रिया ‘‘ए पीस ऑफ ब्रेड’’ की स्पीच बहुत अच्छे से दी और फस्ट आई, पर दुसरे दिन ‘‘ए पूअर पीपल’’ की स्पीच वह ठीक से न दे पाने के वजह से थोड़ा उदास हो गई। गलती से किसी ने उसका नाम प्राइज में लिखवा दिया।

प्राइज डिस्ट्रीब्यूशन के समय जब प्रिया को स्टेज पर बुलाया गया तो वह चूपचाप प्राइज ले लेने के बजाय उसने सब के सामने पूरे मंच पर कहा-

‘‘सर शायद आज गलती से मेरा नाम अन्नोंउस हो गया है; मैं आज की प्राइज की हकदार नहीं हूं इसलिए यह प्राइज मैं नहीं ले सकती सर’’ प्रिया ने निसंकोच होकर अपनी सच्चाई स्टेज पर कह दी। और उस दिन से प्रिया के स्कूल में उसके टीचर्स उस पर और भी ज्यादा प्रभावित हुए और ‘‘सच्चाई की मूरत का टैग उसे दे दिये’’।

प्रियांक कुमार प्रिया की लिखी हुई कविताऐं, कहानीयां, ऑटीकल्स् अक्सर पढ़ा करता था; धीरे धीरे वह प्रिया के लिखावट से प्रभावित होने लगा और मन ही मन उससे प्यार करने लगा; उसे जब भी अपने कामों से फुर्सत मिलती वह प्रिया के ही बारे सोचता रहता उसी के यादों में खोया रहता; प्रियांक के दिल में प्रिया को लेकर हजारों अरमान खिलने लगे थे; उसे अब ना ही भूख लगती, ना प्यास और ना ही नींद आती। प्रियांक प्रिया पर इस तरह आकर्षित हो चुका था कि वह अपना सब कुछ उस पर निछावर कर देना चाहता था; पर उसके मन में एक बात की अभी भी उथल पुथल थी पर वह क्या बात थी ? प्रिया के लिय इतना बेचैन होने के बाद भी क्या प्रियांक प्रिया को कभी पा सकेगा या फिर प्रिया के प्यार के तरह प्रियांक के भी प्यार का यही हाल होगा जो प्रिया के प्यार का है। वक्त बीतता गया प्रिया ग्रेजुएशन कम्पलिट कर के पी जी की पढ़ाई भी खत्म् कर चुकी थी।

आज हमारा देश इतनी तरक्की की ओर बढ़ता जा रहा है पर फिर भी इस भारत देश में दहेज नाम के दिमक ने समाज को खा रखा है। लड़का लड़की अगर पोस्ट पोजिशन में बराबर भी हो तब भी लड़की वालों को दहेज देनी ही पड़ती है; यह दहेज प्रथा हमारे समाज को खोखला करता जा रहा है ना जाने कितनी लड़कियां इस दहेज प्रथा का शिकार आज के पढ़े लिखे जमाने में भी बनती जा रही है। जिनके पिता के पास देने को जितना ज़्यादा दहेज है उनकी लड़कियां उतनी ज्यादा अच्छे घर जा सकती है पर जिनके पिता के पास देने को दहेज नहीं उन्हें अच्छा घर पाने का भी कोई हक नहीं।

हम लड़कियों को पढ़ाया भी इसलिए जाता है कि हमें अच्छा घर मिल जाए; ना की हमारी जिन्दगी सुधर जाये, और इतना सब कुछ करने के बाद भी हमें दहेज के आग में झूलसा दीया जाता है, और हम अपने माता, पिता और समाज के सम्मान को बरकरार रखने के लिए उन पर कुर्बान हो जाती है।

ना जाने कब होगी यह दहेज प्रथा खत्म और कब लोग पैसों से ज्यादा हमारी काबलियत को समझेंगे जहां उनके लिए हम माइने रखे हमारे पिता के पैसे नहीं। वो हमसे प्यार करके हमसे शादी करे ना की हमसे प्यार का दिखावा कर के हमारे पिता के पैसों से गाठ बांधे।

यू तो बाजार में बिकती है दो रूपये में सिंदूर पर जब उससे किसी के मांग को सजाने की बात आती है तो उस सिंदूर की किमत लाखों रूपये में बदल दी जाती है।

कहते हैं सिंदूर के बगैर औरत का अस्तित्व है अधुरा पर पैसों के लिए उस अस्तित्व की भी किमत लगा देते हैं लोग।

तमाम उम्र मर्द के लिय जिओ और उनके लिय अपनी हर खुशियों को कुर्बान करते रहो पर इतना सब कुछ करने के बाद भी क्या हमारी जिन्दगी का असल माइने में कोई अर्थ है; कहीं ऐसा तो नहीं "सारा समुंदर मेरे पास है पर एक बुंद पानी मेरी प्यास है"। क्या आज के समाज में भी लड़की होना इतना बड़ा अपराध है कि इसकी सजा हमेशा हर एक मोड़ पर हमें मिलनी चाहिए ?

जब तक प्रियांक प्रिया से शादी करने का फेसला लेता है तब तक मघ्यम् वर्गीय परिवार की लड़की प्रिया जिसके पिता अभी रेलवे में सी.डबलू.आई के पोस्ट में थे; दहेज की कमी के वजह से प्रिया की शादी वो एक बहुत ही साधारण घर में करा चुके थे; संपत्ति विवाद के वजह से प्रिया की शादी में उसके पापा की पैसों से परिवार वाले मदद नहीं करते है।

जब प्रियांक को प्रिया के मैंगजीन के एडिटर से प्रिया की शादी के बारे में पता चलता है तो वह टूट सा जाता है, बिखर सा जाता है, अपनी किसमत को कोसता हुआ रोता जाता है; प्रिया से दूर हो जाने का गम लिय प्रियांक अपनी जिंदगी जिता जाता है।

बीटू प्रिया का पड़ोसी "हमेशा से उसे मन ही मन चाहता था; प्रिया की शादी की खबर सुनने के बाद उसका भी दिल टूट सा जाता है "क्योंकि पहली नजर में ही उसे प्रिया से प्यार हो गया था" और हमेशा से उससे शादी करने का ख्वाब अपने मन में सजोए हुए था। बीटू आज बॉलिवुड इंडस्ट्री में एक्टर बन तो चुका था पर फिर भी बॉलिवुड में अपना मजबूत सिक्के जमाने की कोशिश में लगा हुआ था। अपनी जिन्दगी में इतना व्यस्त होने के बाद भी आज भी वह कहीं न कहीं प्रिया को अपने ख्वाबों में सजाए हुआ था।

पन्द्रह साल बाद :

"हेलो करण जी" प्रिया ने लिखा।

"हेलो प्रिया जी" करण ने लिखा।

"कैसे हो करण जी ? प्रिया ने पूछते हुए लिखा।

"एक दम फस्ट क्लास" करण ने लिखा।

"और आप ?" करण ने पूछते हुए लिखा।

"मैं भी एकदम बढ़ीया" प्रिया ने लिखा।

''आप कहां से हो ?'' करण ने पूछते हुए लिखा।

''मैं रहने वाली चंडीगढ़ की हूं; पर अब सालों से उदयपुर में ही रहती हूं'' प्रिया ने लिखा।

''करण जी आप तो मुंबई से ही हो'' प्रिया ने लिखा।

''ह............म'' करण ने लिखा।

''प्रिया जी आप बहुत अच्छा लिखती हो; आप कि लिखी हुई काफी बुक्स में पढ़ा हूं'' करण ने लिखा।

''ओह थैंक्स'' प्रिया ने लिखा।

"करण जी आपकी शोज भी मैं देखती हूं, मुझे सारे एपिसोड्स अच्छे लगते हैं" प्रिया ने लिखा। ओह सो नाइस थैंक्स प्रिया जी । "वैसे आप के पैशन क्या है ?"करण ने थै...क्स कहते हुए पूछा। "करण जी लिखना ही मेरा पैशन है" प्रिया ने लिखा। "करण जी आप मुंबई के इतने बड़े शो के हेड हो; आप की इस कामयाबी के लिय आप को बहुत-बहुत बधाई" प्रिया ने लिखा।

''थैंक्स'' पर प्रिया जी आप भी तो एक बहुत अच्छी राइटर हो; अभी अभी कुछ दिनों पहले जो आपने पेपर में आर्टीकल्स लिखा था कि "हमारे देश की तब तक तरक्की नहीं हो सकती जब तक बिरथ कण्ट्रोल न हो; यह बात आपने कितनी सच्ची बात लिखी है।" करण ने लिखा।

''ओह थैंक्स'' ,''लगता है आप मेरी हर एक लिखी हुई आर्टिकल्स पढ़ते हो"

प्रिया ने लिखा।

''हं.............जी प्रिया जी" करण ने लिखा।

"करण जी मार्क जुकेरबर्ग ने कितना अच्छा एप्लीकेशन बनाया ना उन्हीं के वजह से आज हम दोनों की दोस्ती हुई है" प्रिया ने लिखा। "वाऊ प्रिया जी हमारी सोच कितनी मिलती जुलती है; यही बात मैं आपको लिखने के लिय सोच ही रहा

था और आप ने लिख दिया" करण ने लिखा। ''ओह सॉरी करण जी'' अब से आप को जो मुझसे चैट करनी होगी ''वो मुझे पहले सेंड कर देना'' यह कहके कि "प्रिया जी ये मैं लिखने वाला हूं तो आप यह मत लिखना हा हा हा हा" प्रिया ने मजाक करते हुए लिखा।

"प्रिया जी आप बहुत मस्ती खोर हो" करण ने लिखा।

''सॉरी'' ''सॉरी'' ''करण जी मैं मजाक कर रही थी" प्रिया ने लिखा।

''पर आपका यह मजाक हमें अच्छा लगा" करण ने लिखा।

''और वाकई आप से बातें कर के हमें बहुत खुशी हुई" करण ने लिखा।

''मुझे भी करण जी" प्रिया ने लिखा।

"आज से करण जी आप मेरे फेस बुक के बेस्ट फ्रेन्ड हो" प्रिया ने लिखा।

''स................च" करण ने लिखा।

''ह.................म" प्रिया ने लिखा।

आज प्रियांक अपने पिता के गम को भूलाने के लिए देर रात तक अपने घर में शराब पी रहा था कि अचानक उसके घर पर सोनालीका जो की मन ही मन प्रियांक से प्यार करती है वो आ गई।

''हाय प्रियांक कैसे हो ?" सोनालीका ने पूछा।

''देख लो कैसा हूं" प्रियांक ने हाथ में शराब की ग्लास को दिखाते हुए कहा।

''क्या हुआ तुम इतना ज्यादा क्यूं पी रहे हो" सोनालीका ने पूछा।

''कुछ नहीं तुम अपने बारे बताओं ?" प्रियांक ने पूछा।

''इतनी रात गए तुम मेरे घर पर क्या कर रही हो" प्रियांक ने कहा।

''क्यूं मैं तुम्हारे घर आ नहीं सकती क्या ?'' सोनालीका ने पूछा।

''आ सकती हो पर दिन में; पड़ोसी देख लेंगे तो क्या सोचेंगे" प्रियांक नशे में सोनालीका को देखते हुए कहा। ''प्रियांक, क्या तुम यह चीप मेनटालीटी वाली बातें कर रही हो" सोनालीका ने गुस्से से कहा।

''मुझे तुम्हारी भलाई नहीं तुम्हारा प्यार चाहिए प्रियांक" सोनालीका ने मन ही मन कहा।

''तुम कब समझोगे कि मैं तुम्से प्यार करती हूं प्रियांक आखिर कब" सोनालीका ने फिर से अपने मन में कहा। और इतने में प्रियांक अपने बेड रूम में नशे से धुत होकर सोने के लिए जाता है कि नशे की हालत में लड़खड़ाते हुए गीर जाता है। सोनालीका दौड़ के उसे थाम लेती है और उसे कीस करने लगती है; कहते हैं मर्द सेक्स के लिय जल्दी एक्साइट होते हैं पर क्या बिना औरत पर आकर्षित हुए कोई मर्द किसी औरत के साथ सेक्स कर सकता है क्या ? आज सोनालीका प्रियांक का प्यार पा सकेगी ? या फिर....................

काफी दिनों बाद फिर से प्रिया और करण की चैटींग हुई।

"आप काफी दिनों बाद ऑन लाइन आए हो प्रिया जी" करण ने लिखा।

''थोड़ी राइटींग में बीज़ी थी" प्रिया ने लिखा।

''इस बार क्या लिख रहे हो प्रिया जी ?" करण ने पूछा।

''इस बार मैं फिर से बुक लिख रही हूं" प्रिया ने लिखा।

''विष्य" करण ने पूछा।

''लव स्टोरी" प्रिया ने लिखा।

''वाव, डेट्स ग्रेट" करण ने लिखा

''वेसे प्रिया जी एक बात बोलू" करण ने लिखा।

''ह....................म बोलिए" प्रिया ने लिखा।

‘‘जैसे जैसे आपसे बाते करता जाता हूं, आपसे मिलने की इच्छा तीव्र होती जाती है” करण ने लिखा।

‘‘ह..................म’’ आप एक बहुत अच्छे इंसान हो करण जी।

‘‘मैं भी आप से एक बार मिलना चाहती हूं” प्रिया ने लिखा।

‘‘बस सिर्फ एक बार प्रिया जी मैं तो आपसे बार-बार मिलना चाहूंगा’’ करण ने लिखा।

‘‘वैसे आप मुंबई हमसे मिलने कब आ रहे हो ?” करण ने पूछा।

“जब तक मैं बुक कम्पलीट न कर लूं तब तक तो शायद ही कहीं आना जाना संभव हो सके पर देखती हूं’’ प्रिया ने लिखा।

“प्लिज प्रिया जी जल्दी बुक कम्पलीट करो और हमसे मिलने आओ करण ने लिखा’’

‘‘जरूर”, "जरूर’’ प्रिया ने लिखा।

‘‘एक कमेंट दू प्रिया जी आपको” करण ने लिखा।

‘‘जी जरूर दीजिए” प्रिया ने लिखा।

“पता नहीं क्यू मुझे ऐसा लगता है जैसे आप पर नीले रंग की ड्रेस बहुत अच्छी लगेगी।”

‘‘नहीं नहीं’’, ‘‘वैसे तो आपने अपनी जितनी भी पीक्स अपलोड की है आप पर सब सूट कर रहा है पर शायद नीला ज़्यादा सूट करेगा” करण ने कहा।

‘‘ओह थैंक्स, आपने बिलकुल सही कहा” प्रिया ने लिखा।

‘‘करण जी अब मैं आपको एक कमेंट दू” प्रिया ने लिखा।

''आप पर मुस्टैश बहुत अच्छी लगती है" प्रिया ने लिखा।

''ओ प्रिया जी थैंक्य थैंक्यू सो मच, मैं सोच ही रहा था यह लूक मुझपर अच्छे लग भी रहे हैं या नहीं मुझे समझ नहीं आ रहा था यह दुविधा खत्म कर दी"। "थैंक्यू सो मच प्रिया जी" करण ने लिखा।

''सच करण जी आप मुस्टैश में बहुत हैंडसम लगते है" प्रिया ने फिर से कमेंट दिया।

''प्रिया जी, अब तो बस आप मुंबई आ ही जाओ; आपसे जितनी बाते करता जा रहा हूं मिलने की उतनी ही बेताबी बढ़ती जा रही है" करण ने लिखा।

''करण जी, मैं ऐसे कैसे मुंबई आ सकती हूं'' प्रिया ने लिखा।

''ओके ठीक है, पर एक वादा करो प्रिया जी आप" करण ने लिखा।

''क्या ?" प्रिया ने लिखा।

''आप जल्द से जल्द मुंबई आओगे और मुझसे मिलोगे" करण ने लिखा।

''यस करण जी मुंबई में हम दोनों मुस्टैश और नीले रंग के बारे में बाते करेंगे" प्रिया ने मजाक करते हुए लिखा।

''क्या प्रिया जी ? ऐसा क्या ?" करण ने लिखा।

''ह................म" प्रिया ने लिखा।

''प्रिया जी, आप मुंबई आओ। मैं आपको अपनी सेट पे ले चलूंगा वहां सब से मिलवाऊंगा। करण ने खुशी से लिखा।

''करण जी, मैं अभी पोधो को लगाई भी नहीं आप ने फूल भी खीला दिये'' प्रिया ने लिखा।

“प्रिया जी, हमें सपने देखने से कौन रोक सकता है ? अपने सपनों के तो हम मालिक हैं ?” करण ने लिखा।

“जी करण जी, यह बात तो आपने बिलकूल सही कही” प्रिया ने लिखा।

इतने में घर पे कालिंग बेल बजती है और प्रिया, ‘‘करण, बाय कहके ऑफ लाइन हो जाते हैं”।

इसी तरह चैट करते करते प्रिया और करण फेस बुक के बहुत अच्छे दोस्त हो जाते हैं; उनकी इतनी अच्छी दोस्ती हो जाती है कि वो छोटी-छोटी बातों को भी अब एक दूसरे से शेयर करने लगते हैं।

तीन महिने बाद :

प्रिया लव स्टोरी लिखते लिखते एक लिंक पर आके रूक जाती है; उसे स्टोरी आगे बढ़ाने की कुछ समझ नहीं आ रहा थी और तब वह सोचते सोचते घर के बाहर टहलने लगती है।

‘‘प्रिया बेटा, कैसे हो आप ?” पड़ोस के देसाई अंकल ने प्रिया से पूछा।

पर प्रिया कुछ जवाब नहीं दी।

‘‘क्या बात है किन ख्वाबों में डूबी हुई है जरा जाकर देखूं तो” देसाई अंकल ने प्रिया के बारे में चिंतीत होते हुए सोचा।

‘‘क्या हुआ प्रिया बेटा किन ख्यालों में डूबी हुई हो?”, प्रिया के पास आकर देसाई अंकल ने कहा।

‘‘बेटा मैं कितनी देर से आवाज दे रहा हूं, कोई जवाब नहीं” देसाई ने कहा।

‘‘जी अंकल सॉरी सॉरी मैंने सूना नहीं” प्रिया ने कहा।

‘‘जी अंकल कहिये” प्रिया ने कहा।

''क्या सोच रही हो ?" देसाई ने पूछा।

''प्रिया ने कहा। अंकल अब लव स्टोरी में आगे क्या लिखूं यह मुझे समझ नहीं आ रहा" प्रिया ने कहा।

प्रिया की यह बात सुन कर देसाई सोचने लगे।

<u>थोड़ी देर बाद -</u>

"वैसे तुम एक काम कर सकती हो बेटा ?" देसाई अंकल ने पूछा।

''जी अंकल कहिए" प्रिया ने कहा।

''बेटा तुम किशोर भरत के नाम तो सुनी ही होगी" देसाई अंकल ने कहा।

''जी अंकल उन्हें कौन नहीं जानात, आज वह अपने देश के टॉप लव राईटर की गिनती में है" प्रिया ने मन से उनका सम्मान करते हुए कहा।

''हां बेटा वो मेरा दोस्त है" देसाई अंकल ने प्रिया से कहा।

''क्या अंकल ?" प्रिया ने बहुत खुश होते हुए कहा।

''हां.........." मैं उसे फोन कर तुम्हारे बारे बता रहा हूं। "तुम मंबई चली जाओ और वहा वो तुम्हारी लिखने में मदद करेंगे। तुम उनसे ट्रेनिंग पाकर और भी अच्छा लिख सकोगी बेटा" देसाई अंकल ने प्रिया की भलाई सोचते हुए कहा।

जी अंकल ठीक है आप बात कर लो मैं कल ही मुंबई के लिए नीकलती हूं। ''एन्ड थैंक्यू अंकल सो मच" प्रिया ने बहुत खुश होते हुए कहा।

आज इतने सालों बाद भी बिट्टू प्रिया को भूला नहीं पाया था और आज काफी दिनों बाद प्रिया की मोबाइल की रींग टोन बजी

"हेलो बिट्टू कैसे हो ?" प्रिया ने पूछा।

प्रिया के मोबाइल में बिट्टू का नंबर सेभ होने के वजह से प्रिया ने पहचान लिया।

“हेलो बीट्टू कैसे हो ?”

‘‘काफी दिनों बाद मैं तुम्हें याद आई ?” प्रिया ने कहा।

‘‘मैं तो तुम्हें याद भी किया तुम तो मुझे याद भी नहीं करती” बिट्टू ने मजाक करते हुए कहा।’’

फिर ‘‘ऐ ज्यादा मत बोलो मैसेन्जर तो खोलो’’ प्रिया ने हसते हुए कहा।

नहीं यार ऐसी बात नहीं है कुछ महिने पहले मैं तुम्हें फोन की थी साथ मैसेज भी, पर नो रिप्लाइ“ प्रिया ने कहा।

‘‘हो सकता है प्रिया, तब शायद मैं सूट पे होंउंगा” बिट्टू ने कहा।

‘‘खैर इट्स ओके’’ प्रिया ने कहा।

“अब क्या कर रहे हो ?” प्रिया ने पूछा।

“फिलहाल तो मैं एक फिल्म की शूटींग कम्पलीट कर चुका हूं और अभी एक ऐड की शूटिंग चल रही है” बिट्टू ने कहा।

“ओहो तब तो तुम्हारे पास वक्त नहीं होगा और मैं तुम्से सवाल पे सवाल किये जा रही हूं” प्रिया ने कहा।

“अरे नहीं यार, मेरी शूटींग शाम के पांच बजे से है और मैं अभी तुम्से आराम से बात कर सकता हूं” बिट्टू ने कहा।

“तो और बताओ प्रिया अभी क्या लिख रही हो” बिट्टू ने पूछा।

‘‘लव स्टोरी” प्रिया ने कहा।

‘‘वाह बहुत अच्छा” बिट्टू ने कहा।

किसकी ‘‘हे कही वो हमारी तो नहीं स्वीट हर्ट” बिट्टू ने मजाक करते हुए कहा।

“क्या पता हो भी सकता है” प्रिया ने भी मजाक करते हुए जवाब दिया।

“तुम्हें क्या पता प्रिया ? जाने अनजाने मैं अपनी दिल की बात तुम्से कह गया, काश यह सम्भवः होता” बिट्टू ने मन ही मन सोचा।

‘‘पता नहीं भगवान, खुबसुरत और टेलेंटेड लड़कीयां शादी शुदा क्यूं होती है” ‘‘साले कबाब में हड्डी’’ बिट्टू ने मन ही मन फिर से अपने घर के छत को देखते हुए सोचा।

इतने में

“अरे यार बिट्टू मैं बातों की बातों में तुम्हें एक बात तो बताना भूल ही गई; कल मैं यहां से मुंबई के लिए निकल रही हूं” प्रिया ने कहा।

‘‘क्या प्रिया ?’’ बिट्टू ने खुश होते हुए कहा।

‘‘हां, मुझे कुछ मुंबई में काम है” प्रिया ने कहा।

“अरे यार वजह कुछ भी हो....................पर तुम आ रही हो................न यह बहुत खुशी की बात है” बिट्टू ने खुशी से चहकते हुए कहा।

अगला दिन, प्रिया उदयपुर से ट्रेन में बैठकर मुंबई की ओर चल पड़ी जो की नौ सो बाइस किलोमीटर का सफर है।

अगला दिन :

आज प्रिया मुंबई पहुचने वाली थी, आज वह फिर से बहुत बेचैन सी हुई जा रही थी, एक तरफ मुंबई पहुंचने की खुशी थी दुसरी तरफ एक बेचैनी, एक

घबराहट, अपने मन में लिय वह मुंबई चली जा रही थी और तब प्रिया मन लगाने के लिए व्हाट्सप्प पे चैटिंग करने लगी।

"देख लो प्रिया जी मैं आप ही के बारे सोच रहा था और आपका मैसेज भी आ गया" करण ने लिखा।

"क्या करण जी को बता दूं आज मैं मुंबई पहुंच रही हूं नहीं नहीं, उन्हें सरप्राइज दूंगी" प्रिया ने चैट करते हुए सोचा। पर फिर भी प्रिया की मन की बेचैनी शांत नहीं हो रही थी, ना जाने उसके दिल में क्यूं एक तुफान सी उठ रही थी, आंखे मानों नम सी हो गई थी, होठ मानों थरथराने लगे थे, दिल की धड़कन ट्रेन की रफ्तार से भी ज्यादा तेजी से चल रही थी, घबराहट के साथ मन में एक खुशी झलक रही थी क्या था। ये क्यों प्रिया खुश हुए जा रही थी ?

बिट्टू की मोबाइल की रींग टोन बजी पर बिट्टू मोबाइल नहीं उठाया।

"प्रिया समझ गई कि बिट्टू शूटींग में होगा, इसलिए ना ही वह प्रिया को लेने स्टेशन आया और ना ही उसका फोन उठाया" और तब प्रिया को मस्ती सूझी, उसने करण को नये न० से कारण कॉल किया-

"हेलो" करण ने कहा।

"मुझे करण जी से बात करनी है" प्रिया ने आवाज बदलकर कहा।

"हांजी बोलिए, मैं करण ही बोल रहा हूं" करण ने कहा।

प्रिया ने सोचा क्यों न थोड़ी और मस्ती की जाए

"करण जी मैं रेखा बोल रही हूं, आपकी सीनियर"

''मेरी अरूण पाठक की कुछ फाइलें मीटींग के वक्त विराट होटल के रूम नं० एक सौ दो में छूट गई है, प्लिज जरा वो जाकर ले आऐंगे" प्रिया ने रेखा बन कर कहा।

"जी जरूर" करण ने कहा।

करण विराट होटल के रूम नं० एक सौ दो के पास जाकर दरवाजे पर खड़ा हो जाता है; उसे होटल के अंदर जाने से कोई नहीं रोकता क्योंकि वहां का मैनेजर उसे जानता था।

'करण रूम नं० एक सौ दो के पास जा कर ''दरवाजा खोलता है'' और

''सरप्राइज''.......................दरवाजे के पीछे से प्रिया करण के सामने आकर बोलती है।

''वाउ, वाट अ प्लीजेंट सरप्राइज" करण बहुत खुश होते हुए प्रिया को अपने गले से लगाते हुए कहता है ।

"बट प्रिया जी आज सुबह तो हमारी चैटिंग हुई है तो आपने हमें बताया क्यों नहीं" करण ने प्रिया के दोनों कंधे पे अपने दोनों हाथों को रखते हुए कहा-

''तो................मैं आपको सरप्राइज कैसे देती करण जी'' प्रिया ने अपनी खुशी को जाहिर करते हुए कहा।

"वैसे जो कुछ भी हो प्रियाजी मुझे आपको देखकर इतनी खुशी हो रही है कि मैं आपको बता नहीं सकता''। करण प्रिया के साथ उसके रूम के अंदर घुसते हुए, खुशी से फूले समाते हुए प्रिया के हाथों को अपने हाथों में रखते हुए कहा।

''मैं भी आपसे मिलकर इतनी खुश हो रही हूँ कि मैं आपको बता नहीं सकती करण जी" प्रिया ने अपनी मुस्कुराहट के साथ सर को झुकाते हुए कहा।

"प्रिया जी जहां तक मैं आपको समझता हूं, आप अपने तर्क के प्रति बहुत सिंसियर हो तो आप स्टोरी लिखना छोड़ के तो यहां नहीं आ सकते हो" करण ने प्रिया को समझते हुए कहा।

आप ने बिलकुल सही कहा करण जी, मैं यहां कुछ काम से आई हूं ''वो एक्चुअली करण जी...............मैं यहां राइटर किशोर भरत सर से अपनी स्टोरी के सिलसिले में सलाह लेनी आई हूं" प्रिया अपनी दोनों हथेलियों में दोनों हाथों के अंगुलियों को दबाते हुए कहती है।

“प्रिया जी आप राइटर किशोर भरत सर से मिलने आई हो ?” करण ने खुश होते हुए कहा

“ह..................म” प्रिया ने आराम से कहा।

“ओ माय गोर्ड प्रिया जी, उनकी ऑफिस तो जस्ट मेरे सेट के बगल में है” करण ने खुश होते हुए कहा।

“क्या ?, प्रिया ने अपनी खुशी के आश्चर्य को जाहिर करते हुए कहा’’

“य.............स इसका मतलब है अब मैं आप से रोज मिल पाऊंगा।” करण ने अपने दोनों हाथों की अंगुलियों से प्रिया की दोनों हाथों के अंगुलियों को पकड़ते हुए कहा।

पर प्रिया जी आज उनसे कैसे मिलने जाओगे, शाम होने को आये है, अभी तक तो उनकी ऑफिस भी बंद हो गई होगी और थोड़ी देर में अंधेरा भी हो जाएगा” करण ने कहा।

“हां करण जी मुझे पता है, मैं आज नहीं कल सुबह ग्यारह बजे उनसे मिलने जाउंगी” प्रिया ने समझाते हुए कहा।

‘‘ओके प्रिया जी, तो चलिए आज मैं आपको मुंबई का जुहू बीच घुमाने ले चलता हूं” करण ने अपने दोनों हाथों के हथेलियों को सोचकर मलते हुए कहा।

‘‘यस चलिए, आए एम रेडी’’ प्रिया ने हंसते हुए जोश के साथ कहा।

और अब दोनों जुहू बीच घुमने चले गए। वहां प्रिया और करण टहलते हुए बातें करते करते एक जगह पर बैठ गए।

“प्रिया जी आप मुंबई आई हो तो मैं चाहता हूं कि आप को यहां भी आप के घर के तरह माहोल दूं पर मैं आप के पसंद ना पसंद के बारे तो अभी तक कुछ जानता ही नहीं” करण ने इनडारेक्टली प्रिया की पसंद ना पसंद जानने की इच्छा जाहिर करते हुए कहा।

"ह................म, मुझे घुमना फिरना तो बहुत पसंद है करण जी, क्योंकि मेरे पापा रेलवे में जॉब करते थे, तो मैं करीबन ऑल औंवर इंडिया टूर कर चुकी हूं और मुझे अच्छी फूड बहुत पसंद है" प्रिया सोचते हुए कहती है।

"जैस" करण ने पूछा।

"जै...............से चाइनीज, मोमोज, ह..............म् मुझे साउथ इंडियन फूड बहुत ही ज्यादा पसंद है" प्रिया ने कहा।

''वाट प्रिया जी, आपको साउथ इंडियन फूड पसंद है ?" करण ने मुस्कुराते हुए कहा''

"य....................स पसंद है" प्रिया ने गर्व जताते हुए कहा।

"पर साउथ इंडियन फूड होते ही क्या है? जो आपको पसंद है वही इडली, दोसा, सांबर, रसम्" करण ने अपने दोनों हाथों से इन्डीकेट करते हुए कहा।

"य.............स मुझे पसंद है" प्रिया अपने सर को उचकाती हुई गर्व जताती हुई कहती है।

"प्रिया जी, डीशेश तो हम बंगालियों के होते हैं, रोशोगुल्ला, माछेर झोल आर भात रवेते की शुन्दोर लागेछेना" करण बंगला भाषा में कहा।

"हैं...............आमी जानी, किन्तु आमी वेजीटेरीयन'' प्रिया ने भी बंगला का जवाब बंगला में दिया।

"आप वेजीटेरियन हो प्रिया जी" करण आश्चर्य के साथ पूछा।

"आप पंजाबी होके वेजीटेरियन हो ?" करण ने फिर से आश्चर्य के साथ पूछा।

"मतलब आप चिकन भी नहीं खाते" करण आश्चर्य के साथ पूछा।

‘‘नहीं, बिलकुल नहीं खाती” प्रिया ने गर्व जताते हुए कहा।

और वैसे भी करण जी ‘‘कौन से शास्त्र में लिखा है कि पंजाबियों को चिकेन खाना जरूरी है’’ प्रिया अपने दोनों आंखों के भाव को उपर की ओर तीरती हुई कहती है।

‘‘नहीं किसी शास्त्र में तो नहीं लिखा पर आप लोग भी हमारी तरह वेजिटेरियन होते हो ना इसलिय ज़रा......” करण ने शांती पूर्वक कहा। ‘‘बाय द वे” करण ने कहा।

‘‘वैसे प्रिया जी ....आपको कौन-कौन से फूल पसंद है ?” करण ने पूछा।

‘‘मुझे सभी तरह के फूल पसंद है” प्रिया गर्व के साथ कहती है।

“फिर भी कोई एक फूल होगा ना जो आपको बहुत पसंद होगा ?” करण ने पूछा

“ह................म है, रात की रानी’’ प्रिया ने कहा।

“रात की रानी प्रिया जी” करण ने फिर से आश्चर्य के साथ पूछा।

“ह................म मुझे उसकी खुशबु बहुत अच्छी लगती है” प्रिया गर्व के साथ कहती है।

“पर वो तो सिर्फ रात में ही खीलते हैं” करण ने भाव को सिकुड़ते हुए कहा।

‘‘ह............म” प्रिया ने शांती के प्रतीक को दरशाते हुए कहा।

‘‘वो ही एक फूल है, जो मेरे चांद का रात भर ख्याल रखती है” प्रिया ने करण का चेहरा देखते हुए मन ही मन कहा।

‘‘एन्ड प्रिया जी आपका फेवरेट कलर” करण ने पूछा।

''आप जानते हो करण जी" प्रिया ने खुशी को दर्शाते हुए कहा।

''याद करो आप जानते हो" प्रिया उसे याद दिलाने की कोशिश करती है। करण सोच में पड़ जाता है।

''ब्लू, करण जी" प्रिया खुश होते हुए कहती है।

''हां ब्लू, नीला " प्रिया फिर से खुश होते हुए कहती है।

और बातें करते हुए दोनों समुंदर में खेलने चले जाते हैं और एक दूसरे को पानी से भीगोने लगते हैं।

तब तक आसमान में चांद भी निकल आता है।

दोनों हस्ते हुए हा हा हा हा

"माननी पड़ेगी प्रिया जी आपका टेस्ट सबसे अलग तो है पर ला...........

जवाब है" करण प्रिया पर गर्व जताते हुए कहता है।

प्रिया हसते हुए कहती है "करण जी अब बहुत देर हो गई चलिए"।

''ह................म चलिए" करण ने दाहिने हाथ को आगे बड़ाते हुए कहा।

बीच से वापस विराट होटल पहुंचते करीबन रात के दस बज जाते हैं, प्रिया होटल के मनेजर को फोन कर खाना मंगवाती है और करण एवं प्रिया साथ में बैठकर डीनर कर के होटल के लौन में नाइट वाक करने लगते हैं।

और अब थोड़ी देर बाद,

दोनों रूम की ओर चलते हुए

''प्रिया जी कल सुबह आप एग्यारा बजे रेडी रहना मैं आपको अपने साथ ले चलुंगा" करण ने खुशी से कहा।

''नहीं'', ''नहीं'' करण जी आप तकलिफ क्यों उठा रहे हो ?

''मैं चली आऊंगी" प्रिया ने शांती से कहा।

“नो ....प्रिया जी इसमें तकलिफ कैसी ?” करण ने शांती को जाहिर करते हुए कहा।

“और वैसे भी आप हमारे मेहमान हो और हम अपने मेहमान को अकेले नहीं छोड़ते” करण ने प्रिया के लिए सेफ्टी का ख्याल रखते हुए कहा।

यह सारी बातें कहते हुए करण प्रिया को उसके रूम तक छोड़ता है और उसे “गुड नाइट” कह के अपने घर चला जाता है।

क्या करण मन ही मन प्रिया से प्यार करने लगा है ? क्यों वह प्रिया की इतनी फिक्र कर रहा है? क्या प्रिया भी करण से प्यार करती है ?

अगली सुबह-

करण सुबह ग्यारह बजे प्रिया को अपने साथ ले जाने आता है तो प्रिया को देखकर हैरान रह जाता है क्योंकि आज प्रिया रेड बार्डर वाली सफेद सूती की साड़ी पहनी हुई थी और वह भी बिना कोई मेकप के। पर साधारण में भी प्रिया मानों सूरज की पहली किरण के जैसी खुबसुरत लग रही हो, उसकी खुबसुरती देखकर करण से रहा नहीं जाता है और वह

“प्रिया जी सादगी में ही असली खुबसुरती होती है” करण अपने आशिकाना नजरों से देखते हुए कहता है।

“ह..................म्, थैंक्स करण जी” प्रिया ने कहा।

अब करण प्रिया को अपनी गाड़ी में बिठा कर राइटर किशोर भरत के ऑफिस ले जाता है।

“में आई कमिंग किशोर जी ?” करण ने पूछा।

“यस यस” “कम कम”

“में आई कमिंग सर ?” प्रिया ने पूछा।

“यस यस” “कम कम”, किशोर सर ने कहा।

''सर, आई एम प्रिय- प्रिया त्रिपाठी'' प्रिया ने कहा।

''यस आई नो यू'' मुझे देसाई ने फोन कर तुम्हारे बारे बताया।

''तो प्रिया जी मैं चलता हूं" करण ने कहा।

''प्लिज मैं चाय मंगवाता हूं" किशोर ने कहा।

''नो थैंक्स, अभी अभी घर से नास्ता कर आया हूं" करण ने बहुत ही नम्रता के साथ किशोर से हाथ मिलाते हुए कहा।

"ओके बाय किशोर जी, बाय प्रिया जी" कहता हुआ करण वहां से चला गया।

अब किशोर भरत प्रिया से बातें करने लगते हैं और प्रिया अपनी स्टोरी के बारे मे उनसे डिसकस करने लगती है।

शाम पांच बजे

प्रिया किशोर भरत के ऑफिस से निकल कर कच्ची सड़क से आगे जा कर चौराहे से टेक्सी पकड़ने के लिए जाने लगती है कि अचानक करण की नजर उस पर पड़ती है और प्रिया जी कहता हुआ करण उसके पास आता है।

''प्रिया जी आप होटल जा रहे हो ? करण ने पूछा।

"ह..............मू" प्रिया ने कहा।

"चलो मैं आपको छोड़ देता हूं, मैं उधर ही जा रहा हूं" करण ने कहां।

और अब करण प्रिया को अपनी कार में बिठाकर बिराट होटल ले जाने लगता है और तब

"प्रिया जी आज कैसी रही आपकी ट्रेनिंग ?" करण ने पूछा।

''बहुत अच्छी करण जी" प्रिया ने कहा।

"इतनी बारीकी से हर एक बात को समझाया उन्होंने कि आप को क्या बताऊं" प्रिया ने अंगुली के इशारे से भी समझाते हुए कहा।

"माननी पड़ेगी करण जी काम तो दुनियां में सब करते हैं पर कुछ लोग काम को सिर्फ काम समझ के करते हैं और लोग उसी काम को अपने दिल, अपनी आत्मा से करते हैं" प्रिया ने फिर से अपनी हाथ के इशारे से भी समझाते हुए कहा।

"वाकई माननी पड़ेगी उनके काम में एक पैशन है, एक आर्ट है एक, कला है" प्रिया ने बड़ाई करते हुए कहा''

''ह............म" करण ने कहा।

''ह...........म" प्रिया ने कहा।

और अब करण प्रिया से बाते करते करते उसे होटल में छोड़ के अपनी काम की ओर निकल जाता है।

इसी तरह कुछ वक्त बीतते गए।

प्रिया अक्सर अपने प्यार को देखती है; उससे कुछ कहना चाहती है; उस्से कुछ सुनना चाहती है पर ना ही वह कुछ कह पाती है और ना ही कुछ सुन पाती है और उसके बारे सोचते हुए अपने रास्ते की ओर निकल जाती है।

कुछ दिनों बाद :

आज प्रिया को जल्दी छुट्टी मिल गई और वो अपने होटल जाने के लिए नीकलने लगी, इतने में करण वहां आ जाता है और उसे ज़िद कर अपने सेट दिखाने ले जाता है। वहां काम करने वाले सभी लोगों से प्रिया को मिलवाता है, सभी लोग प्रिया से मिलकर बहुत प्रभावित होते हैं खास कर शो के सबसे सीनीयर अरूण पाठक पर शो का अकड़ू और घमंडी राइटर कुछ कम खुश होता है, वहां प्रिया सभी से बहुत घुल मिल जाती है बात करते करते वक्त कैसे बित जाता है पता नहीं चलता है और रात हो जाने के वजह से करण प्रिया को उसके रूम तक छोड़ते हुए अपने काम के लिए निकल जाता है।

अगला दिन-

प्रिया रोज की तरह आज भी ऑन टाइम् किशोर भरत के ऑफिस पहुंच गई। प्रिया के आने के कुछ ही देर बाद अरूण पाठक अपनी पत्नी और दस साल की बेटी अंजली को लेकर राइटींग के सिलसिले में किशोर भरत से कुछ बाते करने आते हैं और साथ ही साथ अपनी पत्नी और बेटी अंजली से भी प्रिया को मिलवाते हैं।

अंजली, प्रिया से प्रभावित होकर थोड़ी ही देर में काफी घुल मिल जाती है और वह प्रिया के ही पास रहने की ज़िद करती है। अंजली के ज़िद करने के वजह से अरूण पाठक और उनकी पत्नी कुछ देर के लिए अंजली को प्रिया के पास छोड़कर अहमदाबाद काम से चले जाते है।

प्रिया अपने काम करते हुए अंजली को भी सम्हालती है कि अचानक मौसम खराब होने लगता है और जोरो की आंधी, पानी आ जाने के वजह से प्रिया दरवाजे खिड़की बंद करने लगती है, और इतने में ही ना जाने अंजली कहां चली जाती है। प्रिया उसे ढूंढती हुई अरूण पाठक के सेट में चली जाती है।

प्रिया करण को सारी बातें बताते हुए अंजली के बारे में पूछती है।

''करण जी आपने कहीं अंजली बिटीया को देखा है ?" प्रिया ने घबड़ाते हुए पूछा।

"नहीं प्रिया जी मैंने नहीं देखा आप चींता मत करो मैं देखता हूं" करण ने दिलासा देते हुए कहा।

प्रिया फिर से अंजली को ढूंढ़ती हुई "हर्ष सर आपने अंजली बिटीया को कही देखा है ?"

''नहीं, मैंने नहीं देखा है'' हर्ष ने कड़कते हुए आवाज़ में कहा।

प्रिया घबराती हुई पूरे सेट में अंजली को ढूंढ़ने लगती है । बाकी लोग भी ढूंढ़ने लगते हैं, वह सभी जगहों पर देखने लगी पर अंजली को कहीं भी दिखाई न देने के वजह से, वह उसे लेकर और भी चिंतीत हो जाती है कि अचानक उसकी

नजर वाशरूम की ओर गई। वाशरूम का दरवाजा थोड़ा सा खुले होने के वजह से उसे ज़मीन पर छोटा सा छोटा सा हाथ जैसा कुछ दिखाई दिया, वह वाशरूम के पास जाकर बाहर खड़ी होकर धीरे से वाशरूम का दरवाजा जमीन की ओर देखते हुए खोलने लगी।

प्रिया दरवाजा खोलती है तो देखती है क्या ? अंजली जमीन में पड़ी हुई है और कांप नही है। प्रिया घबराती हुई उसके सर को अपनी गोद मे रखती हुई कहती है अंजली बेटा, अंजली बेटा क्या हुआ बेटा जी ''पर अंजली कुछ जवाब नहीं देती है बस वह कांपती जाती है'' उसे इस तरह कांपता देख प्रिया समझ जाती है कि शायद उसे ठंड गड़ गई है।

वह अंजली को गोद में लेकर वाशरूम से निकलती है और पास के एक रूम में ले जाती है।

इस तरह से प्रिया को अंजली को गोद में ले जाता देख सभी लोग प्रिया के साथ घबराते हुए उसे देखने चले जाते है।

अंजली ठंड से कांपती जा रही थी। उधर प्रिया फौरन पास में रखी एक बेड शीट अंजली को गोद में लिये हुए बिछा कर जमीन में बैठती है, और फिर अपनी गोद में सूला कर पास में रखा ब्लैंकेट उसे अच्छी तरह उढ़ा देती है पर फिर भी उसकी कपकंपाहट नहीं जाती है। प्रिया अंजली की हथेली को सहलाने लगती है पर उससे भी ज्यादा कोई फर्क नहीं पड़ता है।

तेज आंधी पानी के वजह से मोबाइल का नेटवर्क भी काम करना बंद कर चुका था इसलिये ना ही डॉक्टर को बुलाना सम्भव था और ना ही डॉक्टर के पास जाना सम्भव था।

इधर अंजली की कपकंपाहट कम होने का नाम ही नहीं ले रही थी और पास में कोई एसी मेडिसीन भी नहीं थी जो अंजली को ऐसे हालत में दी जा सके और फिर प्रिया ने कुछ सोचा

"भैया जरा जल्दी से कुल्हे पर आग जलाकर लाए प्लिज, और साथ में एक कटोरे में सरसों का तेल" प्रिया घबराती हुई एक स्टाफ से कहती है।

प्रिया को यह सब स्टाफ लाकर देता है और प्रिया फौरन अपने हथेली पर तेल लगा कर मिलाते हुए उसे आग में गरम करती है और अंजली के हथेलियों

पर लगाने लगती है, इससे अंजली को थोड़ा आराम तो मिलता है पर अभी भी उसकी कपकंपाहट ठीक नहीं हो रही थी और तब प्रिया

"भैया जरा जॉफर और साथ में शिलबट्टा ले आए" कुलहे के बगल में बैठकर प्रिया ने कुल्हे के आग से अंजली की हथेलियों को सेकते हुए कहती है।

"यह लिजीए दीदी जी" स्टाफ ने शिलबट्टे को प्रिया के बगल में जमीन में रखते हुए कटोरे में जाफर देते हुए कहा।

प्रिया शिलबट्टे पर थोड़ा सा सरसों का तेल डालकर जॉफर को घीसती है और उसकी बनी हुई चटनी अंजली को चम्मच में डालकर खिला देती है और साथ ही साथ प्रिया स्टाफ से लहसून, अदरक, हींग, तेज पत्ता, अज्वैन, डन्टी वाली सूखी एक लाल मिर्च, जाफर के टुकड़े और लौंग यह सब मंगवाकर सरसों के तेल में इन सब चीजों को मिलाकर उबालती है और उस तेल को अंजली के हथेली और पैरों में लगाकर मालिश करती जाती है।

करीब आधे घंटे बाद अंजली के शरीर में पसीने आने लगते हैं और तब वह धीरे धीरे ठिक होने लगती है; और प्रिया और बांकी लोगों को राहत मिलती है।

प्रिया की यह तारिफे काबिल काम देख कर वहां मौजूद सारे लोग तालियों की गड़गड़ाहट की आवाज से उसे शाबाशी देने लगते हैं। पर खडूस हर्ष अपने घमंड को ऊंचा उठाकर उसे नीचा दिखाने की कोशिश करते हैं।

शाम में जब अरूण पाठक वापस लौटते हैं, तो करण और बाकी लोगो को प्रिया के गुण देख कर अपनापन सा होने लगता है, सब के मुंह से प्रिया के गुणगान सुनकर अकडू, खडूस, घमंडी हर्ष से बरदास्त नहीं होता है और, अरूण पाठक को वहां से जाता देख, "अब सब प्रिया के गुण गान ही गाते रहोगे कि आगे का काम भी करोगे" हर्ष कह बैठता है।"और वैसे भी ये देहातियों वाले नुसखे किसी मिडील क्लास फैमिली वाली लड़की को ही आ सकते हैं, हमारे जैसे हाई क्लास लोगों को नहीं, इसलिए इसमें कोई बड़ी बात नहीं है, जो तुम लोग इतना गुणगाण गा रहे हो" वहां पर सभी मौजूद लोगों से हर्ष ने कहा।

और फिर हर्ष को छोड़ वहां से सारे लोग चले गये। इधर सारी बातें सुन करण जवाब देने ही जा रहा था कि इतने में अरूण पाठक रीटर्न हो के कहते हैं

''आप कभी नहीं सुधरेंगे ?, है ना'' आपको यह नहीं नजर आई कि वक्त पर प्रिया ने कितना बड़ा काम कर दिखाया। उस विकट स्थिति में भी ''आपको उनके गुण नहीं बल्कि क्लास नजर आ रही थी''। इंसान को उनके गुणों से परखनी चाहिए ना कि उनके क्लास से और दूसरी बात खुद को ऊंचा उठाने के लिए किसी को नीचा दिखाने की आवश्यकता नहीं होती, इंसान अपने अच्छे कर्म से ही ऊंचा उठता है और बुरे कर्म से नीचा वक़्त किसी ने नहीं देखा, कहीं ऐसा ना हो कि उसकी अच्छाई के सामने आपकी क्लास बहुत छोटी हो जाये'' अरूण पाठक उन्हें समझाते हुए कहते हैं।

''नाव गेट बेक टू योर वर्क " अरूण पाठक ने हर्ष को कहा।

यह सारी बातें करण एक कोने में खड़ा होकर सून रहा था, उसे अपने सिनीयर को प्रिया का पक्ष लेता देख बहुत खुशी होती है, प्रिया को हर्ष की बातों का बूरा लगता है पर वह अरूण पाठक का सम्मान रखती हुई, अपने चूप रहने की आदत को बरकरार रखती हुई इगनोर कर देती है।

रोज के तरह आज भी करण प्रिया को होटल के उसके रूम तक छोड़ने के लिए लिफ्ट से जाता है कि अचानक लिफ्ट के अंदर घुसने के वक्त उसका पांव में लिफ्ट के दरवाजे से ठोकर लग जाती है और वह लड़खड़ा कर गिरता जाता है। आज प्रिया हर्ष के बातों की वजह से इतनी दुखी रहने पर भी जब वह करण को गिरता हुआ देखती है। तो उसे बांहों में भरकर संभाल लेती है।

क्या इस तरह प्रिया के बांहों में भरने से करण को कुछ एहसास होता है ? क्योंकि वह मन ही मन शायद प्रिया पे और भी ज्यादा आकर्षित होने लगा। उसके शरीर की उत्तेजनाएं प्रिया को लेकर और भी ज्यादा बढ़ती जाती है। उसकी सांसे प्रिया के छुने से फुलती जाती है। वह प्रिया को पा लेने के लिए शायद तड़पता जा रहा है। आज वह प्रिया को अपने बांहों में भरके उसे बहुत प्यार करना चाहता था। क्योंकि वह कहीं न कहीं शायद प्रिया से मन ही मन प्यार करने लगा था पर क्या प्रिया भी ? वह रूम में पहुंचकर प्रिया को अपने बांहों में भर लेता है। और उससे कहता है।

प्रिया जी दुःखी मत हो हर्ष वैसे ही घमंडी है, अगर वो गलत है तो आप खुद को सजा क्यों दे रहे हो ? उसके तरफ से मैं आपको सॉरी कहता हूं।

नहीं नहीं करण जी कोई बात नहीं मैं ही जरा..............

"आई एम ऑलसो सॉरी" प्रिया ने अपने मन के कष्ट को कम करते हुए कहा।

मेरठ का शूटींग खत्म कर बिट्टू प्रिया से मिलने आता है, बिट्टू को आता देख करण फॉरन नॉरमल हो जाता है।

''हाय" बिट्टू, करण से हाथ मिलाता हुआ कहता है।

''हाय...............''करण, बिट्टू से हाथ मिलाता हुआ कहता है।

''हाय प्रिया'', बिट्टू ने कहा।

''हाय बिट्टू, शूटींग से फुर्सत मिल गई ?'' प्रिया ने हाथ मिलाते हुए कहा।

''हां यार, अभी थोड़ी देर पहले मेरठ से आया हू" बिट्टू ने प्रिया को हग करते हुए कहा।

"प्रिया जी...............आप दोनों एक दूसरे को इस तरिक से कैसे जानते हो ?" करण आश्चर्य होते हुए पूछता है।

"करण जी, बिट्टू मेरा बचपन का दोस्त है" बिट्टू की ओर देखती हुई कहती है।

"एण्ड बिट्टू, करण जी मेरे फूसबूक के बेस्ट फ्रेन्ड थे और अब व्हात्स्प्प के भी करण की ओर देखती हुई कहती है।

और अब प्रिया, करण, बिट्टू तीनों अपने अपने काम को लेकर बातें करने लगते हैं। बातें करते-करते रात के दस बज गए प्रिया अपने साथ करण और बिट्टू दोनो के लिए होटल मैनेजर को कह के अपने रूम में डिनर मंगवाती है। तीनों हसते बोलते डिनर करते हैं और फिर होटल के लौन में टहलने निकल पड़ते हैं।

थोड़ी देर बाद करण के सिनीयर अरूण पाठक का फोन आ जाता है और करण को वहां से प्रिया और बिट्टू को ''बाए'' कह के जाना पड़ता है। और अब

"प्रिया अपने लाइफ के बारे कुछ बताओं ?" बिट्टू प्रिया के कंधे पे हाथ रखते हुए पूछता है।

"मैं क्या बताऊं तुम बताओं ? तुम आज इतने सालों बाद मिले हो और तुम्हे अभी यह भी नहीं बताया कि तुम यहां तक पहुंचे कैसे ?" प्रिया ने पूछा।

"तुमने आज से पहले पूछा ही नही ंतो मैं बताता कैसे ?" बिट्टू ने मजाक करते हुए कहा।

''तो अब तो पूंछ रही हूं ना, अब तो बताओ'' प्रिया ने भी मजाक का जवाब मजाक करते हुए कहा।

''इटस् वेरी टफ यार, यह सब चीजें पर्दे में देखने में जितनी आसान होती है असल में उतनी आसान होती नहीं है'' बिट्टू प्रिया के कंधे में हाथ रखकर होटल के अंदर सिढ़ीयों से चलते हुए कहता है।

पहले मैं छोटे छोटे एक दो मिनट के रोल किया करता था, धीरे धीरे डॉक्यूमेंट्री फिल्म् में काम करने के चांस मिलते गए और आज की क्या कहूं, यह तो तुम जानती ही हो पर अभी भी यार बहुत उंची उड़ान बाकी है, अब कुछ दिनों बाद फिर से मैं बहुत बीज़ी हो जाउंगा । अब में एक बड़ी फिल्म् में लीड रोल कर रहा हूं................।

यह सब बातें करते करते बिट्टू और प्रिया रूम तक पहुंच गए।

''वाह, आय ऍम प्राउड ऑफ यू बिट्टू..............''प्रिया बिट्टू के पीठ थपथपाती हुई कहती है।

यह सब बातें करते हुए अचानक प्रिया की नजर घड़ी पर पड़ती है और वह कहती है

''बिट्टू, बारह बज चुके हैं'' प्रिया ने हड़बड़ाते हुए कहा।

"तो तुम्हें नींद आ रही है प्रिया ?" बिट्टू प्रिया के बेड में बैठ प्रिया की ओर सर घुमाते हुए पूछा।

''ह............मू नहीं" प्रिया सोचती हुई कहती है।

''नींद तो नहीं आ रही'' प्रिया अपने दोनों हाथों की अंगुलियों को मिला कर क्रॉस कर के दो अंगुलियों को बजाती हुई कहती है।

"तो चलो थोड़ी और बातें करते हैं" बिट्टू खुद के स्मार्टनेस को जाहिर करते हुए कहता है।

''चलो प्रिया थोड़ी पुरानी कुछ यादें ताजा करते हैं" बिट्टू ने कहा।

''याद है प्रिया जब मैं तुम्हारे पड़ोस में रहने आया था और तुम्हें पहली बार सिनेमा हॉल में देखा था ?''बिट्टू बहुत खुश होते हुए कहता है।

''उस दिन को मैं कैसे भूल सकती हूं ? वो दिन मेरी ज़िन्दगी का सबसे खुशनुमा दिन था'' प्रिया बिट्टू को देखती हुई मन ही मन कहती है।

''और उस दिन से मैं तुम्से कुछ कहना चाहती थी, पर अब बहुत देर हो गई'' प्रिया ने फिर से मन ही मन बिट्टू को देखते हुए कहा।

''थोड़ी देर के लिए दोनों चुप, एक दम शांत हेलो कहां खो गई ?'' बिट्टू ने प्रिया के सामने चुटकी बजाते हुए पूछा।

''नहीं'' ''नहीं'', ''कुछ नहीं'' प्रिया ने कहा।

"हे प्रिया, तुम यहां आ ही गई हो तो क्यों न यहीं सेटल कर जाओ, कितना मजा आएगा ना, दोबारा हम लोग एक ही शहर में रहेंगे" बिट्टू ने अपनी खुशी को जाहिर करते हुए कहा।

''अच्छा मैं एक काम करता हूं, अपने डॉयरेक्टर से बात कर के तुम्हें भी एक्टींग का काम दिलवा देता हूं" बिट्टू ने अपनी खुशी को जाहिर करते हुए कहा।

"क्या बिट्टू तुम भी ना" प्रिया ने तंग आते हुए कहा।

“क्यों क्या हुआ ?” बिट्टू ने पूछा।

‘‘अरे यार अगर मैं एक्टींग की मैदान में अकली भी दौड़ूंगी तो पीछे से फस्ट आउंगी’’ प्रिया ने अपने होठ को फैलाते हुए कहा।

‘‘पता है बिट्टू, मैंने एक दो बार एक्टींग का ट्राय भी किया था पर केमरा सामने आते ही बत्ती गुल” प्रिया ने अपने दोनों हाथों को उपर कर अफसोस जताते हुए कहा।

“क्या ?” बिट्टू अपने चेहरे पर आश्चर्य का स्माइल करते हुए कहा।

“हा, सच” प्रिया ने भाव को सिकुड़ते हुए कहा।

“ओह माय गोड, प्रिया तुम्ने कभी बताया नहीं’’ बिट्टू ने अफसोस जाहिर करते हुए कहा।

‘‘क्या बताती ?’’ प्रिया ने कहा।

“अच्छा छोड़ो इन बातों को तुम अपने बारे कुछ बताओ” प्रिया ने कहा।

और फिर प्रिया सोचती हुई कहती है,

“अरे हां..................तुम्हारी बचपन की स्कूल की बेस्ट फ्रेन्ड नीधी कैसी है ?” प्रिया ने पूछा।

‘‘अरे यार क्या बताऊं, अभी छे महिने पहले की बात है एक दिन अचानक नीधी का फोन आया” बिट्टू ने कहा।

‘‘मैंने फोन उठाया” बिट्टू ने कहा।

‘‘हेलो” बिट्टू ने कहा।

‘‘हाय बिट्टू कैसे हो ?” नीधी ने कहा।

''क्या यार, तुम जबसे एक्टर बन गए हो हम सब को भूल गए हो" नीधी ने कहा।

''नहीं यार, फुर्सत नहीं मिलती है'' अच्छा छोड़ो इन बातों को

''बताओ, तुम कैसी हो ?" बिट्टू ने पूछा।

''मैं बहुत अच्छी'' नीधी ने कहा।

''औ............र घर पर" बिट्टू ने पूछा।

''सब अच्छे हैं" नीधी बहुत चहकती हुई कहती है।

''क्या बात है मैडम बहुत चहक रही हो ?'' बिट्टू ने हल्की सी चेहरे पे मुस्कान रखते हुए कहा।

''कहीं किसी से प्यार तो नहीं हो गया" बिट्टू ने कहा।

"अरे यार मैं फांसी के तख्ते पर लटकने जा रही हूं, तुम्हे मजाक सूझ रही हूं" नीधी ने मजाक करते हुए कहा।

''ऐ" बिट्टू ने आश्चर्य जाहिर करते हुए पूछा।

''हाँ मैं शादी करने जा रही हूं" नीधी ने कहा।

''अ...........रे यार, तुम भी ना मुझे डरा ही दी" बिट्टू ने कहा।

''कौन है वो जो बिना कोई गुनाह किये हुए सूली पे लटकने जा रहा है" बिट्टू ने मजाक मे कहा।

''तुम सब मर्द ना एक ही जैसे होते हो" नीधी ने चीड़ाते हुए कहा।

''हां वो तो है, हम सभी को दो पांव होते हैं किसी के लम्बे किसी के छोटे, दो हाथ भी होते है वो भी किसी के लम्बे किसी के छोटे, हां याद आया दो आंखें भी होती है बस किसी की बडी किसी की छाटी, एक नाक भी होती है जिसमें दो

सुरंग होते हैं, बस किसी की खड़ी किसी के चपटी, एक मुंह और बत्तीस दांत जिसे गुस्से में हम कह देते हैं ''बत्तीसी झाड़ देंगे''। और हां दो कान भी होते हैं किसी के बड़े तो किसी के छोटे और बताऊं जो बोडी के एक जरुरी पार्ट होते हैं जो होते तो सबके पास है, पर वो भी...........।" बिट्टू मजाक करते हुए हस्ता हुआ कहता गया।

इतने में

''नो..................बिट्टू प्लिज, चुप हो जाओ'' नीधी शरमाती हुई हसते हुए कहने लगी।

और अब दोनों हसने लगे

"अच्छा बताओ तम्हारे हस्बेन्ड करते क्या हैं ?" बिट्टू हसते हुए पूछता है।

"बिट्टू................"नीधी धमकी जैसा कहती है।

''अच्छा अच्छा, ओके बताओ'' बिट्टू सिरीयस होके कहता है।

''वो फ्लाइट लिएउतनान्त है" नीधी ने कहा।

''क्या ? अरे यह तो वही पोस्ट है ना जिसमें फ्लाइट के लेफ्ट के एन्ट को लोग मारते हैं" बिट्टू ने फिर से मजाक करते हुए कहा।

''बिट्टू, तुम फिर शुरू हो गए'' नीधी ने कहा।

''नो नो, सॉरी सॉरी'' अच्छा बताओ शादी कब है ? अब बिट्टू बिना मजाक किए हुए पूछता है।

"शादी में तो अभी देरी है अगले महिने की अठारा तारिक को एन्गेजमेंट है और तुम्हे जरूर आना है। क्योंकि मैं अपने हस्बेन्ड को बोल चुकी हूं कि तुम मेरे फ्रेन्ड हो और तुम जरूर आओगे तो प्लिज यार मेरे इज्ज़त का फालूदा मत नीकालना और चुपचाप अठारा तारिक को चले आना मैं और घर के बाकी लोग सब तुम्हारा इंतजार करेंगे।" नीधी ने कहा।

''ओके यार'' ''जरूर आऊंगा'' ''बता देना सबको'' ''बिट्टू ने कहा।

''ओके बिट्टू, बाय'' नीधी ने कहा।

''आके बाय, नीधी'' बिट्टू ने कहा।

पर जानती हो प्रिया मुझे बहुत बुरा लगा मैं नहीं जा सका यार" बिट्टू ने अफसोस जाहिर करते हुए कहा।

''क्यों, क्यों नहीं जा सके ?'' प्रिया ने पूछा।

"अरे यार नीधी का घर कोलकाता में है और मैं सोचा कि उस वक्त तो मैं अपने घर आसनसोल जा ही रहा हूं तो एन्गेजमेंट एटेन्ड कर सकता हूं इसलिय मैं पूरे कॉन्फिडेंस के साथ कह दिया पर अठारा तारिक को मैं अपने घर ही पहुंचा तो कब जाता।" बिट्टू ने कहा।

''क्यों, तुम पहले कोलकाता उतरते वहां उसकी एन्गेजमेन्ट एटेन्ड करते हुए अपने घर नहीं जा सकते थे ?" प्रिया ने अपने गुस्से को जाहिर करते हुए कहा।

''जा सकता था प्रिया, पर मन नहीं किया'' बिट्टू ने अपनी टायर्डनेस को जाहिर करते हुए कहा।

"देखो बिट्टू तुम एक्टर हो तुम्हें एक्टींग अच्छी से करने के साथ लोगों के दिल में एक सामाजिक इंसान बनकर जगह बनानी है" प्रिया बिट्टू के हाथ पर हाथ रख कर समझाते हुए कहती है।

''हां यार मैं समझता हूं, पर नहीं जा पाया, इस बात को नीधी मुझसे नाराज भी है" बिट्टू थोड़ा दुःखी होते हुए कहा।

''वो सब को बता दी थी कि मैं आऊंगा''पर मैं नहीं जा सका ''उसकी इन्सल्ट हो गई यार'' फिर से बिट्टू दुःखी होते हुए कहा।

''हुं'' ''प्रिया आहे भरते हुए कहती है।

‘‘चाहे जो कुछ भी हो बिट्टू ये तुम बहुत गलत किये‘‘ प्रिया फिर से कहती है।

वो तुम्हारी बचपन की फ्रेन्ड है; पता है बचपन के फ्रेन्र्डस कैसे होते हैं जैसे मानो ‘‘ज़िन्दगी तुम्हारी सासे हमारी, जिन्दगी हमारी उसमें धड़कन तुम्हारी’’ ऐसी होती है बचपन की दोस्ती। वो साथ साथ हसना, बोलना, खेलना, पढ़ना, एक दूसरे की बातों को समझना, महसूस करना,

भावनाओं को जुड़ना ऐसी होती है बचपन की दोस्ती।” प्रिया ने बिट्टू को प्यार से समझाते हुए कहा’’

‘‘समझता हूं यार, पर सॉ...............री’’ बिट्टू ने कहा।

‘‘ओके’’ ‘‘ओके’’ अब तो जो तुमसे गल्ती हुई वो तो हो गई पर शादी में नो बहाना एण्ड शादी में जरूर चले जाना‘‘प्रिया अंगुली दिखते हुए कहती है।

‘‘अच्छा मेरी अम्मा तुम जैसा कहोगी वैसा की करूंगा’’‘‘बिट्टू हाथ जोड़ता हुआ कहता है।

थोड़ी देर तक दोनों चुप और ‘‘फिर’’

“अच्छा बिट्टू एक बात बताओ ? मैं तुम्हे पिछली बार जो कही थी वो काम तुम्ने किया ?” प्रिया ने पूछा।

‘‘क्या कहा था यार, याद नहीं है” प्लिज बताओ ना ?‘‘बिट्टू रीक्वेस्ट के भॉव से पूछता।

मैंने बहुत बार नोटीस किया है तुम्हारी याददास्त बहुत कमजोर है। बिट्टू मैं चाहती हूं तुम हमेशा टॉप पे रहो यार ‘‘प्रिया बिट्टू के दोनों गालों को अपने दोनों हाथों से छुते हुए कहती है।

‘‘इसलिय कहती हूं सुबह जल्दी उठो योगा, एक्सरसाइज करो’’‘‘प्रिया परेशानी के भाव को व्यक्त करते हुए कहती है’’

और हां तुमने जिम जोयन किया यही तो मैं तुम्से पिछली बार भी कही थी ना ‘‘प्रिया अंगुली दिखाती हुई कहती है’’

‘‘नहीं यार’’ बिट्टू ने कहा।

''बिट्टू प्लिज प्लिज मैं कह रही हूं अपनी आलस वाली आदत छोड़ो यार'' प्रिया ने रीक्वेस्ट की भाव को व्यक्त करते हुए कहा।

बिट्टू तुम्हें पता है मैंने तुम्हारे लिये एक सपना देखा है, कि एक दिन तुम बहुत ऊंची उड़ान भरोगे, तुम्हारी सारी फिल्में सुपरहीट होगी, ऑडियन्स की तालियों की आवाज से पूरी सिनेमा हॉल गुन्ज उठेगी, हर जगह बिट्टू, बिट्टू और बिट्टू होगा, हरेक सिनेमा हॉल में तुम्हारी पिक्चर चल रही होगी ''प्रिया बेड से उठकर अपने दोनों हाथों को फेलाते हुए रूम मे चलती हुई कहती है।

बिट्टू उसे निहारता रहता है और मन ही मन यह सोच के खुश होता है कि प्रिया मेरी इतनी फिक्र करती है, मुझे हारता हुआ नहीं देख सकती है, तो शायद मेरी तरह वह भी तो भी कहीं मुझसे प्यार तो नहीं करती है। और मैं ''बेवकुफ, उल्लू, गधा, पाजी'' ''प्रिया से प्यार करना आता है'' ''इजहार करना नहीं''।

बिट्टू खुद को ब्लेम करते हुए सोचता है।

यह सारी बातें बिट्टू सोच ही रहा था कि प्रिया की नजर पास के टेबल में रखी हुई पॉलिथीन पर पड़ी, बिट्टू बिट्टू यह पॉलिथीन तुम लाये थे ना ''प्रिया ने पूछा''

''हां प्रिया'' ''बिट्टू सोचता हुआ कहा।

इसमें क्या है पेंट शर्ट ?''प्रिया ने पूछा।

नहीं शर्ट पेंट ''बिट्टू प्रिया की बिना कोई बात सुने हुए कह देता है।

प्रिया ज़ोर से हस पड़ती है

प्रिया हसते हसते ''बिट्टू तुम भी ना'' हसती हुई कहती है।

''अरे ''क्या कहूं मैं तुमसे'' प्रिया ने हसते हुए कहा।

बिट्टू और प्रिया के बाते करते-करते रात के अब दो बज गए।

हे प्रिया

''वाट अबाउट योर गेम्स प्रिया'' बिट्टू ने पूछा।

''नो'' अब क्या गेम्स खेलूंगी ? ''प्रिया ने अपने दोनों कंधों को सिकूड़ते हुए कहा।

“नो यार” “क्यों नहीं” गेम्स तो हम बुढ़ापे तक खेल सकते हैं “बिट्टू ने कहा।

और वैसे भी तुम तो स्कूल के जमाने में बैडमिनटन में चैंपियन हुआ करती थी

“बिट्टू प्रिया के प्रति अपनी खुशी को जाहिर करते हुए कहा।

वो स्कूल की बात थी बिट्टू “प्रिया अपने भांव को उपर उठा कर इशारों द्वारा समझाती हुई कहती है”

“तो चलो अब खेलें” बिट्टू ने कहा।

“इतनी रात हो गई है” प्रिया ने कहा।

“क्यों नहीं ?” बिट्टू ने कहा।

इतनी रात गये बैडमिनटन खेलेंगे और वो भी होटल के इस रूम में “प्रिया ने आश्चर्य को जाहिर करते हुए कहा।

“अरे यार तुम भी ना मैं इनडोर गेम्स् की बात कर रहा हूं“ बिट्टू ने कहा।

और फिर

“प्रिया अपने बैग से लूडो और चेस दोनों निकालकर बेड में रखती है” और सोचती हुई

“लूडो या चेस“ प्रिया ने पूछा।

“लूडो तो बहुत पुरानी गेम है“ बिट्टू अपना नाक भांव सुकड़ते हुए कहता है।

हां..............वो तो है पर पुराने इंसान के साथ कोई नई गेम कैसे खेल सकता हूं ?” “प्रिया ने बिट्टू को चिढ़ाते हुए कहा” हां हां हां हां करती हुई प्रिया खिल खिला कर हंसने लगती है। बिट्टू प्रिया को खिलखिला कर हंसता हुआ देखता ही जा रहा था।

अरे बिट्टू मैं मजाक कर रही हूं “प्रिया हंसते हुए कहती है “वैसे चलो” “चेस खेलते हूं” प्रिया ने हंसते हुए कहा।

“पर...................चेस तो दिमाग की गेम है, तो वो तो मैं तुम्हारे साथ कैसे खेल सकती हूं ?” प्रिया ने फिर से बिट्टू को चीड़ाते हुए कहा।

आज तुम्हें बहुत मस्ती सूझ रही है।

"हां" कहती हुई प्रिया बेड से खड़ी हो कर हसने लगती है।

हसते हसते वो दिवार में सट जाती है, उसके साथ साथ बिट्टू भी खड़ा होकर फिर से कहने लगता है"आज तुम्हें बहुत मस्ती सूझ रही है हां" बहुत मस्ती कहता हुआ उसके दोनों हाथों को उपर कर पीछे की ओर दिवार में सटाकर उसके एकदम करीब आ जाता है।

और अब दोनों एक दूसरे को देखने लगते हैं।

क्या फ्रेन्डर्स आप जानना चाहते हैं कि उस रात बिट्टू और प्रिया के बीच कुछ हुआ ? एक रात एक ही कमरे में रहने के बाद भी क्या प्रिया और बिट्टू के बीच सेक्स हुआ तो ''माय डियर फ्रेन्डर्स'' आपको इस बात की जानकारी लेने के लिए थोडा इंतजार करना पड़ेगा।

वैसे प्रिया और बिट्टू एक दुसरे को इतनी अच्छी तरह समझते थे कि दोनों बिना जुबान खोले हुए सिर्फ एक दुसरे की नजरों को देखते हुए दिल से बातें कर सकते थे।

अगली सुबह-

रोज की तरह आज भी प्रिया ऑन टाइम् किशोर भरत के ऑफिस पहंच गई पर आज किशोर भरत किसी कारण वश समय से ऑफिस नहीं आ सके। जब करण को यह बात पता चली तो करण प्रिया से बातें करने चला आया और तब बातों ही बातों में प्रिया ने उसे बता दिया कि कल रात भर बिट्टू उसके साथ था।

"क्या वाकई प्रिया जी आप दोनों एक साथ एक रूम में थे" करण ने प्रिया को शक की निगाहों से देखते हुए पूछा।

''यस, बट क्यूं ?'' आप इस तरिके से क्यों पूछ रहे हो करण जी ?

''हम लोग पुराने दोस्त हैं" प्रिया ने गर्व जताते हुए कहा।

इतने में किशोर भरत ऑफिस आ जाते हैं और प्रिया अपनी राइटींग के डिस्कशन को लेकर मग्न हो जाती है। पर आज से करण एक अच्छा इंसान होने के नाते प्रिया के लिए अपनी ज़िम्मेदारीयों से मुंह नहीं मोड़ता है, लेकिन आज से वह उस्से दूरी भी बनाने लगता है।

आज नीवेदिता अमेरिका से अपनी पढ़ाई खत्म कर अपने घर इंडिया वापस लोटती है, और वो प्रियांक के ऑफिस में मिलने उसके पास जाती है। पर प्रियांक थोड़ा व्यस्त होने के कारण उससे नहीं मिल पाता है जब इस बात की जानकारी प्रियांक को मिलती है तो उसे बहुत बुरा लगता है कि उसकी इतनी अच्छी दोस्त नीवेदिता अमेरिका से वापस लौट कर उस्से मिलने आयी पर वह मिल नहीं पाया तो भागा हुआ वो नीवेदिता के घर जाता है और उसे सॉरी कहता है। पर अब नीवेदिता उसे माफी देने से इंकार कर देती है तो प्रियांक उस्से माफी की मिननते करने लगत है।

बहुत मीन्नते करने पर वह उसे माफ कर के हस्ती हुई कहती है "प्रियांक मैं मजाक कर रही थी यार" और "तुम तो एकदम सिरीयस हो गए" इतने में प्रियांक भी मुस्कुराते मुस्कुराते हस पड़ता है और कहने लगता है कि तुम मेरी इतनी पुरानी दोस्त हो पर फिर भी मेरे मजाक को नहीं समझ पाई अरे "यार" मैं भी मजाक कर रहा था, कहते हुए प्रियांक नीवेदिता को हग कर लेता है। और फिर दोनों अपनी पुरानी यादें ताज़ा करते हुए,

"अच्छा प्रियांक मेरी एक पहेली का जवाब दो" नीवेदिता ने कहा।

"तुम्हारी यह पहेली पूछने की आदत अमेरिका जा के भी नहीं बदली है ना" प्रियांक ने कहा।

"नहीं बिलकुल नहीं। पता है प्रियांक जिन्दगी में कुछ आदतें इंसान की कभी नहीं बदलती। चाहे वो कहीं भी चला जाए।" निवेदिता ने नीचे के होठों को दोनों ओर फैलाते हुए गर्व के साथ कहा।

"ह..................म वो तो दिख रहा है " प्रियांक उसे देखता हुआ कहता है।

"अच्छा यह सब छोड़ो अब तुम मेरी पहेली का जवाब दो ?" नीवेदिता ने फिर से कहा।

"तुम पूछो तब तो मैं जवाब दूं, कि पहले मैं जवाब दे देता हूं तब तुम पूछोगी ?" प्रियांक ने मजाक करते हुए कहा।

"अच्छा बताओ" नीवेदिता ने कहा।

और अब नीवेदिता की पहेलियों की लम्बी लीस्ट से परेशान हुए जा रहा था क्योंकि वह पहेली पूछना बंद की नहीं कर रही थी और फिर अब; नीवेदिता पूछती है।

लिखती हूं पर पेन नही
चलता हूं पर गाड़ी नही
टीक टीक करता हूं पर घड़ी नहीं
तो बोलो मैं कौन हूं ?

अब प्रियांक सोचने लगता है, और मन ही मन बोलने लगता पहेली को दोहराने लगता है सोच प्रियांक सोच इसके पहेली से बचना है तो सोच, वरना यह अपनी पहेलियों से तेरी जान ले लेगी।

सोचता हुआ प्रियांक कहता है; "वेरी सीम्पल" "टाइप राईटर"

"यस, बिल्कुल सही जवाब" नीवेदिता ने कहा।

"अच्छा अब एक और पहेली" नीवेदिता ने कहा।

प्रियांक ने सोचा यह अब मेरा इस तरीके से पिछा नहीं छोड़ेगी;

"नहीं, तुम्ने इतनी सारी पहेली पूछी न अब एक पहेली मैं पूछूंगा और अगर तुम हस पहेली का जवाब न दे पाओगी तो पहेलियों की गेम को हम लोग क्वीट करेंगे" प्रियांक ने कहा।

"ओके" नीवेदिता ने कहा।

"ओके" "पूछो" नीवेदिता एकदम स्ट्रेट बैठकर स्मार्टनेस के साथ कहती है;

खाते हैं इसको सब लेकिन
स्वाद ना कोई बता सका
लोग खिलाते भी हैं लेकिन
उसे न कोई चख सका

अब नीवेदिता सोच में पड़ जाती है उसे इस पहेली का जवाब सूझता नहीं है "काफी देर हो जाते हैं सोचते हुए"।

टीक टीक वान, टीक टीक टू, करते हुए प्रियांक टेन तक बोल देता है और फिर वह हार जाती है।

"कसम" प्रियांक ने कहा।

"अब वादे के अनुसार हमें गेम क्वीट करनी होगी" प्रियांक ने कहा।

और फिर प्रियांक वहां से जाने लगता है अब नीवेदिता को प्रियांक को अपने पास रोकने का कोई बहाना सूझ नहीं रहा था तो वह उसे झट से पीछे से पकड़ लि और कहने लगी "प्लिज प्रियांक आज रूक जाओ आज मुझे छोड़ कर मत जाओ।" निवेदिता प्रियांक को जोर से पकड़ती हुई कहती है।

नीवेदिता को वह हाथ पकड़ अपने सामने लाता है और किस कर उसे.......

....

उस रात सोनालीका के साथ तो प्रियांक को कोई सेक्सवल रीलेशनसिप नहीं हो पाया क्योंकि सच्चे प्यार करने वाले इंसान चाहे कितने ही नशे में क्यों न रहे वह किसी और से सेक्स नहीं कर सकता। पर क्या आज नीवेदिता के साथ सेक्स हो सकेगा ? क्योंकि वह नीवेदिता को बहुत पसंद करता है। हां यह और बात है कि वह उसकी पहेलियों से परेशान हो जाता है क्योंकि प्रियांक को यह समझ नहीं आता है कि नीवेदिता उसे अपने पास रखने के लिए ऐसा करती है पर उसके साथ यह भी सही है कि प्रियांक भी उसकी बहुत कद्र करता है और.............. .....भी................तो माय डीयर फेन्डर्स इनकी सच्चाई जानने के लिये भी हमें थोड़ा सा इंतजार करना पड़ेगा।

दो दिन बाद :

हर्ष स्टोरी का डायलोग लिखकर अरूण पाठक को पढ़ने के लिए दिया था, वह स्टोरी के डायलोग पढ़ने जा ही रहे थे कि इतने में उन्हें याद आता है कि उनका चश्मा तो किशोर के ऑफिस में ही छूट गया है। वह पीयून को रिंग करके बुलाना चाहते हैं, "पर उन्हें अचानक याद आता है कि पियून के बिमार होने कारण वह उसे दो दिनों की छुट्टी दिये हैं" तो वह खुद ही किशोर भरत के ऑफिस में गल्ती से स्टोरी के डायलोग के पेजेस ले कर ही चले जाते हैं और वहां

पहुंच किशोर भरत से बातें करने लगते हैं, इतने में प्रिया की नज़र डॉयलोग के पन्नों पर पड़ती है जिसमें गलती से हर्ष ने एक सेन्टेंस छोड़ दिया था।

सबकी मदद करने वाली प्रिया हर्ष की मदद कैसे नहीं करती ? जब अरूण पाठक वहां से चले जाते हैं तो वह करण को फोन करती है, पर करण गुस्से से फोन पर भी बातें नहीं करना चाहता है। पर जब प्रिया बार-बार उसे कॉल करती है तो उसे शक होता है "कि कहीं प्रिया कोई मुसिबत में तो नहीं है" और यह सोच के वह फोन उठा लेता है।

और तब प्रिया उससे मिलने की इच्छा को जाहिर करते हुए उसे आने को कहती है करण आने से इंकार करता है पर वह रिक्वेस्ट करती है। थोड़ी देर बाद करण आ जाता है और करण को वह सारी बातें बताती है और मीसींग सेंटेस भी लिख कर दे देती है।

प्रिया के मुंह से ये सारी बातें सून कर करण कुछ सोचने लगता है।

"कहा खो गए करण जी सोचिए मीसींग डॉयलोग को कैसे लिखोगे" ? प्रिया ने कहा।

प्रिया का यह अपनापन देख के करण का दिमाग फिर से प्रिया की ओर झूकने लगता है और वह फौरन उस पन्ने को लाकर प्रिया से ठीक करवाता है और वापस उस पन्ने को जैसे का तैसा वहां रख आता है।

तीन दिन बाद :

रोज के तरह आज भी प्रिया ऑन टाईम किशोर भरत के ऑफिस पहुच गई और अपनी राईटींग में व्यस्त हो गई। इधर अचानक हर्ष के सीने में जोरों का दर्द होने लगा और साथ ही साथ पूरे बदन में पसिने भी आने लगे, हर्ष को देख किसी को कुछ समझ तो नहीं आ रहा था कि यह उन्हें हो क्या रहा है पर फिर भी, सभी ने फौरन हॉस्पिटल फोन लगाया और एम्बुलेन्स मंगवाया पर हर्ष सीने का दर्द बरदास्त नहीं कर पा रहा था।

यह सब बात जब प्रिया को पता चली तो वह हर्ष द्वारा किये हुए अपने अपमान को भूलकर उसे देखने जाना अपना परम कर्तव्य समझी। वह घबराती हुई

हर्ष को देखने उसके पास आ गई और उसे देखते ही समझ गई कि यह सारे सिमटम हार्ट एटैक के लग रहे हैं।

''करण जी जल्दी से १०२ या १०८ नम्बर डायल करिये जो कि मेडिकल के लिय काम करने वाली इमर्जेंसी नम्बर है।'' प्रिया ने धीरे से करण के कान में कहा।

''प्लिज ज़्रा एक बेंचे पेड़ के छाव में रख दिजीए '' प्रिया ने वहां खड़े सभी लोगो से कहा।

सब लोग एक बेंच लाकर पेड़ के छाव में रख दिये।

''हर्ष सर को इस बेंच में जल्दी से लिटा दिजीए प्लिज और आप लोग थोड़े से दूर हो जाइये ताकि इन्हें आक्सीजन अच्छे से मिल सके'' प्रिया ने अपने एक हाथ के उपर दूसरे हाथ को रखकर हर्ष के हर्ट को दबाते हुए यह सारी बातें कहा।

जब तक एम्बुलेंस आ नहीं गई, हर्ष को आक्सीजन सिंलेन्डर मुंह में लगाई नहीं गई ''तब तक प्रिया हर्ष के हर्ट को अपने हाथों से ''सी पी आर'' ''कार्डियो पलमोनरी रीशशशिएशन'' करती गई।

एम्बुलेस हॉस्पिटल पहुंची और बाकी लोग हर्ष के पीछे कार में आये।

''जल्दी स्ट्रेचर लाओ'' ''जल्दी'' ''जल्दी'' डॉक्टर ने कहा।

''जल्दी आई सी यू में ले चलो'' डॉक्टर ने कहा।

''और आप में से कोई काउन्टर पे जाइये कुछ जरूरी फोर्म फिल अप कर दिजीए'' डाक्टर ने कहा। करण और कुछ लोग काउन्टर पे जा कर फोर्म फिल अप कर पैसे जमा कर देते हैं।

<u>तीन घन्टे बाद -</u>

''नाव, ही इज़ आउट ऑफ डेनजर" डॉक्टर आइ सी यू से बाहर आ कर कहते है।

''पर..........'' इन्की बहुत ज्यादा क्रिटीकल कन्डीशन थी ऐसे में तो ये हॉस्पीटल तक पहुंचे कैसे? ''जरूर किसी को भगवान ने इन्हें स्पेशल ट्रीटमेंट देने के लिये भेजा था'' नहीं तो ऐसी हालत में तो इंसान ....क्या कहूं

आप लोग इनका बहुत ख्याल रखे हैं। "डॉक्टर ने सब पर गर्व को जताते हुए कहा" पर सभी ने अपनी इमानदारी दिखाई और प्रिया ने जो कुछ भी कहा और किया वह सारी बातें बताई।

वाकई "ये जो कोई भी हैं" "शी इज़ अ वंडरफूल गर्ल"।

शाम में जब हर्ष को होश आया तो डॉक्टर सारी बातें हर्ष को बताते हैं, यह सब सून हर्ष को हल्की हल्की सी प्रिया का उनके लिये मदद याद आने लगती है और वह बहुत ज्यादा खुद को शर्मिंदा महसूस करने लगता है ! और साथ ही साथ करण को प्रिया को फोन कर उसे हॉस्पिटल में मिलने की इच्छा को जाहिर करते हुए बुलवाता है।

प्रिया करण से बात कर वहां हर्ष से मिलने आती है।

"अब कैसी तबियत है आपकी सर ?" प्रिया ने हर्ष से पूछा।

"अच्छी है" हर्ष ने कहा।

"आइये प्रिया जी मेरे पास बैठिये" हर्ष ने कहा।

प्रिया उनके बेड के पास टेबुल में बैठ जाती है।

"आज तक मैं जो कुछ भी आपको भला बुरा कहा हूं उन सब बातों के लिये माफी चाहता हूं" हर्ष ने प्रिया के हाथों को पकड़ते हुए कहा।

"इट्स ओके सर" प्रिया ने कहा।

"नो इट्स नोट ओके प्रिया जी" हर्ष प्रिया के हाथों को पकड़े हुए कहता है। आई एम वेरी सॉरी एण्ड रीयली वेरी सॉरी।

"सर अब आपको आराम करना चाहिए" प्रिया ने टेबुल से उठते हुए कहा।

"मैं चलती हूं" प्रिया ने खड़े होकर कहा।

और हां जो कुछ भी हुआ उसे एक बुरा सपना समझकर भूल जाइए "तो इट्स ओके" ह..........म। "बाय" प्रिया ने प्यार से समझाते हुए हर्ष के हाथों को अपने हाथों से अलग करते हुए कहा।

शायद कहीं न कहीं यह बात करण को अच्छी नहीं लगी कि हर्ष प्रिया का हाथ पकड़ लिया पर इस वक्त वह चुप रहना ही मुनासिब समझा क्योंकि हर्ष जब प्रिया के हाथों को पकड़ता हुआ माफी मांग रहा था, इस बात की उसे खुशी तो

हो रही थी पर उस तरिके से हाथ पकड़ता देख, उस वक्त मानों करण की आंखों से हर्ष के लिये अंगारे निकल रहे थे।

अब हर्ष भी प्रिया को सभी के जैसा पसंद करने लगा। आखिरकार प्रिया के बड़प्पन के आगे हर्ष का घमंड हार गया।

रात नौ बजे

प्रिया अपने होटल के रूम में बैठकर किताबें पढ़ रही थी

''नौक नोक'' प्रिया के रूम में बाहर से दरवाजा खटखटाने की आवाज़ आई

प्रिया ने दरवाजा खोला।

''ओह'' करण जी आप'' प्रिया ने कहा।

आज करण का मूड कुछ बदला-बदला सा था।

''आइये'' ''अंदर आइये'' प्रिया ने कहा।

''या..........ह श्योर'' करण ने कहा।

''देन वाट आर यू डूइंग प्रिया जी ?'' करण ने प्रिया को आशिकाना नजरों से देखते हुए पूछा।

''नथिंग बस थोड़ी किताबें पढ़ रही थी'' प्रिया ने कहा।

''प्रिया जी आज आप हर्ष की काफी मदद किये'' करण ने फिर से प्रिया को आशिकाना नजरों से देखते हुए पूछा।

''नहीं करण जी'' मैंने वही किया जो मेरी इंसानियत ने मुझसे करवाया'' प्रिया ने कहा।

''क्या मेरे प्रति आपका कोई फर्ज नहीं'' करण ने कहा कुछ नजरों को झुकाए हुए कुछ गर्दन को घुमाए हुए।

करण जी आपके बहुत कर्ज हैं मुझ पर''इतने दिनों से आप मेरा इतना ख्याल रख रहे हो कि मैं..............

इतने में

''जिस तरह आप ने इंसानियत का फर्ज निभाया उसी तरह मैं दोस्ती के फर्ज निभा रहा हूं'' उसके चारों ओर घुमते हुए करण ने कहा।

''प्रिया जी आप बहुत अच्छे हो'' लंबी लंबी सांसे लेते हुए करण प्रिया के पीछे से करीब आ जाता है और ''उसके बाहों में अपना हाथ रख देता है'' उसको अपनी ओर घुमाते हुए लम्बी सांसे लेते हुए कहने लगता है।

प्रिया जी मैं आप से प्यार करने लगा हूं और ''उसे अपने बाहों में भरते हुए उसके कानों को अपने होठों से सहलाते हुए कहने लगा।'' प्रिया जी मैं आपको पाना चाहता हूं, और आप के बिना जी नहीं सकता,मैं आप से शादी करना चाहता हूं।'' करण ने प्रिया के साथ सेक्स करने की तीव्र इच्छा को जाहिर करते हुए कहा और कहते हुए उसे लेकर बेड में गीर गया।

थोड़े देर तक प्रिया करण की बात सून कर सून्न हो गई थी कि आज करण जी को हो क्या गया है ? वो क्यूं ऐसी ''बहकी'' ''बहकी'' बातें कर रहे हैं उसे अपने कानों पर यकिन नहीं हो रहा था पर जब करण ने उसे बेड में गीरा कर किस करना चाहा तो वह हड़बड़ाकर उठ खड़ी हुई और कहने लगी, "करण जी मैं और आप सिर्फ एक अच्छे दोस्त है, मैं आप से प्यार नहीं करती। आप एक बहुत अच्छे इंसान हो, पर मेरा प्यार नहीं मेरी चाहत नहीं। मैं आपके लिए जान दे सकती हूं पर आप को अपना जिस्म नहीं दे सकती" प्रिया रोते हुए कहने लगी "करण जी हां मैंने आपको चाहा है, बहुत चाहा है पर एक अच्छे इंसान के नजरिये से। मैं आप से प्यार नहीं करती करण जी आप से प्यार नहीं करती।"

क्यों, ''करण ने जोर से चील्लाते हुए उसके बांहों को पकड़ते हुए पूछा

तो कौन है आपका प्यार ''बताओ मुझे'' करण ने गुस्से से प्रिया को झींझोरते हुए पूछा

कौन है वो जिस्से आप प्यार करते हो और अभी तक आपके इतने करीब रहने के बावजूद भी मैं नहीं जानता ''करण ने थोड़ा ज़ोर से चिल्लाते हुए कहा।

मैं नहीं बता सकती उनका नाम करण जी मैं नहीं बता सकती, उनका नाम मैं अपने ज़ुबा पे नहीं ला सकती करण जी ....उनका नाम नहीं बता सकती ''करण जी'' ''कहती हुई रोते रोते करण के पैरों में गीर जाती है।

उसे इस तरह अपने प्यार के लिए तड़पता देख करण का दिल पिघलने लगता है पर वह

क्यूं, आप अपने जुबा पे उनका नाम नहीं ला सकते ऐसा क्यूं जवाब दो मुझे ‘‘करण प्रिया के पास बैठते हुए कहता है।

‘‘इसका कोई जवाब नहीं है करण जी मेरे पास इसका कोई जवाब नहीं है’’ प्रिया ने रोते हुए कहा।

और फिर अचानक प्रिया जोश में आते हुए कहती है, करण जी मझे मार डालो मैं जीना नहीं चाहती। हां करण जी मै जीना नहीं चाहती अपने आंखों से आंसू पोछते हुए तैश में कहती है, अब उनके लिये ये तड़प ये बेचैनी बरदास्त नहीं होती, कभी कभी मर जाने को जी चाहता है ‘‘मार डालो’’ मुझे प्लिज़ करण जी ‘‘मार डालो’’ मार डालो मुझे हा.........................कहते हुए प्रिया फिर से रोने लगती है।

करण को कुछ समझ में नहीं आ रहा था कि आज प्रिया को हो क्या गया है इतने हसने चहकने वाली लड़की के दिल में इतने सारे गम कैसे ? मै प्रिया जी के इतने अच्छा दोस्त होने के बावजूद भी उनकी जिंन्दगी की सच्चाई से बेखबर हूं ‘‘खैर मैं मेरी प्रिया जी को उनकी मुहब्बत से मिलवा के रहूंगा। ‘‘करण यह सब सोचते हुए प्रण लेता है।

कुछ दिनों बाद :

प्रिया रोज के तरह आज भी ग्यारह बजे ऑफिस आ गई और अपने वर्क करने लगी इधर हर्ष भी हास्पिटल से डीश्चार्य होकर अपने केबिन में बैठे हुए था जब प्रिया को यह बात पता चली कि हर्ष सर हॉस्पिटल से डीश्चार्य होकर वापस आ चुके हैं और अपने केबिन में बैठे हुए है तो वह उनके हाल समाचार उनसे पूछने गई।

‘‘हेलो सर, अब आप कैसे हो’’? प्रिया ने पूछा।

‘‘जी बहुत बढ़ीया ’’ हर्ष ने कहा।

''और हां प्रिया जी ''मुझे बहुत खुशी हुई कि आप मुझसे मिलने आए ''फिर से हर्ष ने खुश होते हुए कहा।

इतने में ऑफिस का स्टाफ आता है और उनको पहले जैसी चाय और जंक फूड लाकर देता है।

प्रिया यह देख हर्ष से कहती है।

सर एक बात कहूं बुरा न माने तो ''प्रिया ने कहा।

जी प्रिया जी बोलिए ''हर्ष ने कहा।

सर मुझे लगता है अब आपको यह सब चीज़े नहीं खानी चाहिए, आपको पतली चाय और बिना तेल मसाले वाली चीज़े खानी चाहिए एन्ड सर यह जंक-फूड तो बिलकुल नहीं ''प्रिया ने बड़े प्यार से समझाते हुए कहा।

जो हुक्म मेरे आका ''हर्ष ने मजाक करते हुए कहा।

और फिर हर्ष प्रिया को देखकर हसता गया

हॉ हॉ हॉ

और यह सब बाहर खड़ा होकर करण देख रहा था।

इधर प्रिया हर्ष के नास्ते के लिए सोचने लगती है।

और सोचती हुई प्रिया पास के किचन में चली जाती है और वहां जाकर वक्त की कमी होने पर भी बिना तेल मसाले वाला हलका नास्ता बना कर उसे स्टाफ के हाथों दिलवा देती है।

इधर प्रिया किशोर भरत को हर्ष के खाने के बारे सारी बातें बताकर उनके स्टाफ को सिखाने के लिए दुपहर का भी खाना बनवाने चली जाती है।

''लौकी'' ''प्रिया ने लौकी को देखकर हाथ में लेते हुए कहा''

अ....................एक काम करती हूं, मूंग की दाल, रोटी, लौकी की सबजी, थोड़ी सी चावल और साथ में सलाद। ''हां'' यह सारी चीजें जल्दी जल्दी बना लेती हूं। प्रिया ऐसा सोचते हुए अपने दुपट्टे को एक तरफ के कंधे से लाकर कमर के दूसरे तरफ से घुमाकर साइड की ओर कमर में बांध लेती है और फिर हर्ष के लिये खाना उसे सिखाते हुए बनाना शुरू कर देती है।

थोड़ी देर बाद -

''आइये सर'' आपका लन्च रेडी है ''प्रिया ने हर्ष के लिए पकाया हुआ खाना सेट के डायनिंग टेबुल में सजाते हुए कहा।

''याह प्रिया'' ''आई एम कमिंग।

कहते हुए हर्ष वहां आया और डायनिंग टेबुल में बैठ गया, प्रिया उसको खाना परोसती है, वह प्रिया को मुसकुराते हुए देखने लगता है, और सोचने लगता है।

''प्रिया जी आप कितनी अच्छी हो मेरा कितना ख्याल रख रही हो।

"प्रिया जी वाकई मुझे दिल से अफसोस है कि मैंने आपके साथ बुरा व्यवहार किया। काश की मैं भी आपको पहले समझ जाता पर अपने दौलत के नशे में चूर इंसान कुछ सोच समझ नहीं पाता है" हर्ष ऐसा कहने के लिए जा ही रहा था कि इतने में हर्ष की पत्नी प्रतीमा वहा आ जाती है, प्रिया प्रतिमा को देखकर कहती है

''सर मैडम आ रही है'' ऐसा कहते हुए प्रिया हर्ष के प्लेट को अपनी ओर खींच लेती है और हर्ष को अच्छे खाने वाले प्लेट सामने रख देती है यह सोच कर कि हर्ष सर की पत्नी कहीं सादे खाने देखकर बुरा न मान जाए।

पर जब प्रिया को यह पता चलता है प्रतीमा भी चाहती है कि उनके पति हर्ष अब तेल मसाले वाली चीजें न खाएं तो वह बहुत खुश होती है कि चलो उनकी मेहनत रंग लाई।

बातों बातों में प्रतिमा ने प्रिया से पूछा ?

"प्रिया जी मैं एक बात पुछुं ?" प्रतिमा प्रिया का हाथ पकड़कर कोने में ले जाकर पूछती है।

''हां जी पूछीये" प्रिया ने बोला।

"आपने यह उबली हुई लौकी की सबजी कैसे बनाई ?" प्रतिमा ने पूछा।

प्रिया प्रतिमा को सबजी बनाने की विधी बताती है और प्रतिमा प्रिया से बातें कर वहां से चली जाती है।

शाम सात बजे

प्रिया जल्दी से किचन में जा के हर्ष के रात का खाना स्टाफ को अपनी नजरों में रखते हुए पकवाने लगती है।

हर्ष एक कोने में खड़ा हो कर देखता जा रहा था और देखते हुए कुछ सोचता जा रहा था और एक कोने में खड़ा करण यह बात को नोटीस कर रहा था।

''आईये सर'' ''बैठिये'' ''प्रिया ने हर्ष के बैठने के लिये कुर्सी खींचते हुए कहा।

"प्रिया, मैं घर जाकर खा लेता ना तुम्हें इतनी तकलिफ करने की क्या जरूरत थी" हर्ष ने कहा।

''सर, प्रतिमा जी मुझे कह के गई थी कि अगर आपको घर जाने में देरी हो तो स्टाफ के हाथों खाना बनवा कर खिला दूं और सर वैसे भी तो दवाई आपको समय पे खानी जरूरी है ना''प्रिया ने कहा।

"सच में प्रिया जी आपको मेरा बहुत खयाल है" हर्ष ने कहा।

"मुझे अच्छा लगा प्रिया जी" हर्ष ने फिर से कहा।

थोड़ी देर बाद -

सब लोग एक जगह में साथ बैठ कर विसकी पी रहे थे इतने में प्रिया आई और हर्ष के हाथ से विसकी का गलास लेकर कोलड्रींक का गलास उनके हाथ में मुस्कुराते हुए दे दी।

और इसी तरह प्रिया हर्ष का ख्याल रखने लगी। और धीरे धीरे दोनों एक दुसरे से काफी घुलने मिलने लगी। और हर्ष और प्रिया हमेशा साथ साथ नजर आने लगे थे। इधर करण को हर्ष को प्रिया के साथ इस तरीके से घुलता मिलता देख बहुत गुस्सा आ रहा था और वह सोच रहा था कि हर्ष तो शादी शुदा है फिर प्रिया जी को बहकाने की कोशिश क्यों कर रहा है ?

क्या प्रिया को हर्ष से प्यार होने लगा था, या फिर हर्ष प्रिया से प्यार करने लगा था। अब इसी तरह प्रिया और हर्ष एक पल के लिय भी नजरों से दूर हो जाऐ तो दोनों बेचैन हो के एक दुसरे को ढूढ़ने लगते थे।

करण के साथ बाकी लोग भी यह चीज़ देख के आश्चर्य होने लगे थे और अब पूरे सेट के लोगों में प्रिया और हर्ष को लेकर चर्चे होने लगे थे। यह चर्चे धीरे धीरे इतने बढ़ गये कि बात प्रतिमा तक पहुंच गई।

इधर करण प्रिया की दिल की बात जानना चाह रहा था पर वह कुछ भी जान न पा रहा था। वह हमेशा प्रिया को नोटिस कर रहा था पर उसके हाथ कुछ नहीं लग रहा था।

कुछ दिनों बाद :

आज प्रिया बहुत खुश थी, वह सुबह ग्यारह बजे हाथों में थाल लिए हर्ष के केबिन में प्रवेश करती है और

हर्ष का हाथ पकड़कर बाहर केबिन के बराम्दे में सोफे पर बिठा देती है और हर्ष के सामने टेबुल लाकर रखती है। उस टेबुल में अपनी थाल को कपड़े से हटाती हुई रखती है और इधर हर्ष भी अपने सर पर रूमाल रख लेता है;

हर्ष को सर पर रूमाल रखता देख प्रिया अपने थाल का दीपक जला कर हाथ में थाल रखी ही थी कि इतने में प्रतिमा गुस्से से आंखे लाल किए हुए थर थराते हुए हर्ष और प्रिया के पास आने लगती है।

प्रिया के पास आकर दो सेकेंड रूकी और उसे देखते हुए उसके कंधे में हाथ रख अपनी ओर घुमाई।

‘‘क्या हुआ प्रतिमा जी ?‘‘ प्रिया ने पूछा।

प्रिया आश्चर्य भरी निगाहों से उसे देखने लगी पर उनके मन की भावना को भी समझ गई।

ये देखिये प्रतिमा को थाल दिखाते हुए प्रिया कहती है।

‘‘आज रक्षा बंधन है ना, मैं सर को राखी बांध रही हूं” प्रिया ने अपनी चेहरे पे हल्की सी मुस्कान लाते हुए कहा।

''आ''..................''अ..................'' में मैं ....
प्रतिमा अपने भाव को सिकुड़ते हुए संकोच के साथ मुस्कुराते हुए कहने लगी।

शायद अब प्रतिमा को समझ नहीं आ रहा था कि वह क्या कहे। वहां के बाकी लोग भी देखकर आश्चर्य हो जाते हैं और साथ ही साथ अपनी छोटी सोच को लेकर शर्मिंदा हो जाते हैं।

प्रिया प्रतिमा की मन की विडम्बना को समझ जाती है और कहती है,

भाभी जी शायद आप यह तो देखने नहीं आई थी कि मैं सर की पसंद की राखी सर को बांध रही हूं कि नहीं।

संकोच करते हुएए प्रतिमा कहती है। ''हां हां अ......................''

यही तो मैं देखने आई थी।

ऐसा कहते हुए फिर से संकोच करने लगी और इधर हर्ष का गुस्सा वाला चेहरा देखकर डरने भी लगी और फिर अपने दोनों हाथों के अंगुलीयों को मिलते हुए मलते मलते वहां से चली जाती है।

इधर सेट के बाकी लोग भी प्रिया को राखी बांधते देख शर्मिंदा होते हुए अपने कामों में लग जाते हैं और साथ ही साथ करण मन ही मन खुश होने लगता है।

शाम सात बजे हर्ष के खाने के बाद की बातें.

"भाई मैं थोड़ी देर के लिय दोस्त के रिश्ते से एक बात कहूं" प्रिया ने पूछा।

"क्यूं बहन के रीश्ते से क्या प्रोब्लेम है" हर्ष ने पूछा।

''नहीं भाई, वो जरा..................'' प्रिया सर झूका के मुस्कुराते हुए कही।

''अच्छा'' ''अच्छा'' कहो ''हर्ष ने कहा'।

''भाई आप घर जाऐ ''और हां

भाभी को डांटना नहीं और ....''भाभी से थोड़ा ज्यादा प्यार करना भाई'' ''प्रिया हर्ष के कानों में कहती है।

''प्रिया.....................'' ''क्या कह रही हो'' ''हर्ष ने मुस्कुराते हुए कहा।

ह.....................हर्ष ने फिर से मुस्कुराते हुए कहा।

प्रिया का इस व्यवहार पर भाई फिदा हो जाता है

और अब हर्ष प्रिया को उसके होटल में छोड़ते हुए घर चला जाता है।

टींग टींग ''हर्ष के घर की घंटी बजी''

प्रतिमा डरती हुई दरवाजा खोली

हर्ष उसे गुस्से की नजरों से देखता हुआ अपने बेड रूम में चला गया, प्रतिमा भी हर्ष के पीछे पीछे गई

''जी मैं खाना गरम करूं'' प्रतिमा ने डरते हुए पूछा।

''नहीं'' मुझे मेरी बहन ने खाना खिला कर भेजा है''

हर्ष अकड़ता हुआ कहता है।

और अब हर्ष फ्रेश होकर अपने रूम में सो जाता है।

प्रतिमा भी डरती हुई हर्ष के बगल में सो जाती है।

थोड़ी देर बार हर्ष से गले लगकर रोते हुए सॉरी कहने लगती है, पर हर्ष अकड़ा हुआ रहता है पर फिर उसका दिल पिघल जाता है और वह प्रतिमा को अपनी ओर से भी बाहों में भरते हुए उसे चुमने लगता है और प्यार करने लगता है।

अगली सुबह से प्रतिमा और प्रिया में बहुत दोस्ती हो जाती है और व्यवहार बिलकुल अपनी नंद भाभी जैसा हो जाता है।

कुछ दिनों बाद एक दिन

आज की सुबह न जाने मुझे क्या हो गया है। आज क्यूं बिना बात के खुश हुए जा रही हूं, बरसों बाद आज मानों मुझे दुनियां इतनी खुबसुरत क्यों लग रही है, क्या हो गया है मुझे, आज मेरा दिल ज़ोर ज़ोर से धड़क रहा है, मेरे पाव जमीन पे नहीं है, क्या हवाएं मुझसे कुछ कहना चाहती है ? मानो मैं पछि के जैसा आकाश में उड़ रही हूं, मानों भवरे कानों में जैसे मिठे गीत गुनगुना रहे हो, एक विश्वास, एक उम्मिद पर मानों आज कोई खरा उतरने वाला है।

आज प्रिया के जीवन में कुछ अलग सा होने वाला है क्या प्रिया आज अपने प्यार से मिलने वाली है।

''क्यूं'', ''क्यूं'' प्रिया की सोई हुई उम्मीद आज जाग रही है, इतने सालों से प्रिया ने अपने दिल के किसी कोने में अपने प्यार को सजो रखा था क्या आज उसकी अपने प्यार से मुलाकात होने वाला है। क्यूं आज प्रिया के सोये हुए अरमान जाग रहे थे ''आखिर क्यूं'' ?

रींग रींग

हेलो, आकाश स्टूडियो ?

"हांजी बोलिए" आकाश स्टूडियो के एसीसटेंट ने कहा

मै नरेन स्टूडियो का बॉस अरूण पाठक बोल रहा हूं

मुझे आकाश स्टूडियो के बॉस राजीव शुक्ला जी से बात करनी है बॉस ने कहा।

"हां जी मै अभी सर को ट्रांसफर करता हूं" आकाश स्टूडियो के एसीसटेंट ने कहा।

"सर नरेन स्टूडियो के बॉस, अरूण पाठक सर आपसे बात करना चाहते हैं" एसीसटेंट ने कहा।

''ओके"राजीव शुक्ला ने कहा।

इतने में रींग पहुंचती है राजीव शुक्ला के पास

''यस राजीव शुक्ला स्पीकिंग'' राजीव शुक्ला ने कहा।

"हैलो मैं नरेन स्टूडियो का बॉस, अरूण पाठक बोल रहा हूं"

"कैसे हैं ?" अरूण पाठक ने कहा।

"हां जी, मैं एकदम बढ़ीया" राजीव शुक्ला ने कहा।

"हां जी, कहिये मै आपके लिय क्या कर सकता हूं" राजीव बॉस ने कहा।

"मैं अपने शो की शूट के लिय आपकी पाली हिल वाली सेट दो महिनों के लिय बुक करना चाहता हूं" अरूण पाठक ने कहा।

"वे..........ल ओके" राजीव शुक्ला ने कहा।

"तो मैं..................एग्रीमेन्ट की कागज तैयार करवा कर ले आऊं" अरूण पाठक ने कहा।

"जी जरूर पर हां ज़रा जल्दी" राजीव शुक्ला ने कहा।

"ओके मैं आ रहा हूं" अरूण पाठक ने कहा।

अरूण पाठक ने सोचा क्यूं ना ज़रा प्रिया को अपने साथ आकाश स्टूडियो ले चलूं अगर वो फ्री हो तो।

रींग रींग कॉलिंग बेल अरूण पाठक ने बजाई

''जी सर'' केबिन के बाहर से पीयून अंदर आ बोला।

प्रिया जी को अगर फुर्सत हो तो जरा देखो तो।

पीयून प्रिया के पास जाता है तो देखता है कि अभी तक किशोर भरत ऑफिस नहीं आए हैं और वह उनका इंतजार कर रही है इतने में प्रिया को फोन आता है कि अचानक आज उनकी तबियत बिगड़ जाने के वजह से वो ऑफिस नहीं आऐंगे।

पीयून अरूण पाठक के कहने पर प्रिया को बुला लाता है।

"यस सर, में आई कमिंग'' प्रिया ने कहा।

''यस'' ''यस'' ''कम कम'' अरूण पाठक ने कहा।

"सर आपने मुझे बुलाया" प्रिया ने कहा।

''य............स'' मैं कह रहा था कि मुझे आकाश स्टूडियो कुछ काम से जाने है तो अगर आप फ्री हो तो मेरे साथ चलोगे ?" अरूण पाठक ने कहा

''यस सर आज वैसे तो मैं फ्री हूं पर..................सोचती हुई कहती है वो सर ज़रा मेरे सर की तबीयत खराब है तो मैं उन्हें देखने उनके घर जाना चाहती हूं"।

"हां तो ठीक है कोई बात नहीं आप मेरे साथ चलिए रास्ते में उनके तबियत के बारे पूछता हुआ चलूंगा" अरूण पाठक ने कहा।

''जी सर, ठिक है" प्रिया खुश होते हुए कहती है।

"वैसे सर उस स्टूडियो का बहुत नाम सूना है" प्रिया ने कहा।

"हां वो स्टुडियो बहुत बड़ी और बहुत खुबसुरत है" अरूण पाठक ने कहा।

"चलो मेरे साथ मैं आपको वहां के बॉस राजीव शुक्ला जी से मिलवाऊंगा और हां आप अपनी रीसेन्ट बुक ले जा सकते हो" अरूण पाठक बहुत खुशी से कहते हैं।

±''जी सर, जरूर''प्रिया ने कहा।

"सर मैं ज़रा कपड़े चेंज करके आऊं ?" प्रिया ने पूछा।

"पर सर थोड़ा वक्त लग जाऐगा" प्रिया ने कहा।

''कोई बात नहीं, मुझे भी थोड़े काम है तब तक आप जल्दी से चेंज करके होटल के गेट पे खड़े रहना मैं आपको पीकप करता हुआ चलूंगा" अरूण पाठक ने कहा।

''जी सर'' कह के प्रिया वहा चली जाती है।

प्रिया को जल्दी जल्दी जाता हुआ देख करण ने कहा "अरे प्रिया जी कहां भागे जा रहे हैं"।

“वो मैं ....जरा................” प्रिया कहने जा ही रही थी कि इतने में वहां के लोग प्रिया को घेर लेते हैं और टोपिक चेंज हो जाता है।

करण के मन में एक खलबली मच जाती है कि आखीर प्रिया जी जा कहां रही है पर वहां के लोगों को छोड़कर प्रिया के साथ जा भी नहीं पाता है।

थोड़ी देर बाद

मौका पाते ही करण प्रिया का पीछा करता हुअे अपनी कार से विराट होटल पहुंच जाता है फिर प्रिया की नजर अपनी ऑटो की शीशे से उन पर पड़ती है।

“करण जी आप भी ना एकदम बेचैन इंसान हो” प्रिया ने कहा।

“नहीं वो ज़रा मैं ....” करण ने कहा।

‘‘अरे बाबा, सर मुझे अपने साथ आकाश स्टूडियो ले जा रहे हैं। बस इतनी सी बात है इसलिये मैं यहां चेंज करने आई हूं, अभी थोड़ी देर में सर आऐंगे और मुझे पीकअप करते हुए ले जाऐंगे” प्रिया ने कहा।

“अच्छा मैं चलती हूं रेडी होने, देन ओके बाय करण जी” प्रिया ने कहा।

“ओके बाय’’ करण ने कहा।

यह बात कर के प्रिया अपने रूम में कपड़े चेज करने चली गई।

‘‘थोड़ी देर बाद’’ अरूण पाठक होटल आ कर प्रिया को पीकप करते हुए किशोर भरत के हाल समाचार पूछते हुए आकाश स्टुडियो पहुंच जात है। “हेला” अरूण पाठक ने कहा।

‘‘कम कम’’ राजीव शुक्ला हाथ मिलाते हुए कहे।

‘‘कम प्रिया’’ अरूण पाठक ने कहा।

हेव एक सीट प्लिज

“वाव राइटर प्रिया” राजीव शुक्ला ने कहा।

अब सब कुर्सी पे बैठ जाते हैं और अरूण पाठक एण्ड प्रिया थैंक्स कहते हैं।

"मैं आपकी बुक्स पढ़ती हूं और आपने हाल फिलहाल में जो लिखी है कि हमारा देश तबतक तरक्की नहीं कर सकता जब तक बिरर्थ कण्ट्रोल न हो जाये यह बात आपने कितनी अच्छी और सच्ची लिखी है'' राजीव शुक्ला ने कहा।

"ओह' थैंक्स सर'' प्रिया ने कहा।

इधर अरूण पाठक और राजीव शुक्ला शूटींग की बातें करने लगते हैं। उधर प्रिया की दिल की धड़कन अचानक तेज होने लगती है, वह किसी के लिय तड़पने लगती है, मानों आज उसके दिल में कोई दस्तक देता हुआ नजरों के सामने आने वाला है। मानों एक ओर बेचैनी दुसरी ओर प्रसन्नता बढ़ती जा रही है।

और अब -

राजीव शुक्ला का एसीसटेंट केबिन में आता है और कहता है "सर शूट के लिए सेट तैयार है और हीरो भी बस पहुंचने ही वाले हैं" ''एसीसटेंट ने कहा''

"अच्छा तुम चलो मैं आता हूं" राजीव शुक्ला ने कहा।

''नहीं'' ''नहीं'', हमारे साथ चलिए हमारा सेट देखिये और वैसे भी प्रिया जी तो पहली बार आई है तो उन्हें तो मैं अपना सेट दिखाऊंगा ही आएये कहते हुए राजीव शुक्ला अपने साथ अरूण पाठक और प्रिया को अपना सेट दिखाने लगते हैं इतने में

हीरो आ जाता है और हल्ला होने लगता है।

हीरो आ गया, हीरो आ गया।

सब लोग शूट के लिय अपनी अपनी पोजीशन ले लेते हैं।

इधर प्रिया की बेचैनी बढ़ती जाती है कि अचानक प्रिया का दुपट्टा सेट के तार में फंस जाता है और वह पीछे की ओर गिरने लगती है। इतने में हीरो की नजर उस पर पड़ती है और वह

दौड़कर उसे बचाने के लिय आता है अपने बाए हाथ को हिरो प्रिया की पीठ की ओर से बाए कंधे को पकड़ते हुए उसे देखने लगता है। प्रिया भी अपने दाहिने

हाथ से हिरो के बाये कंधे को और बाए हाथ से हिरो के दाहिने कंधे को पकड़ते हुए उसका चेहरा बंद आंखों को खोल कर उसे देखने लगती है। अपने प्यार प्रियांक को अपनी आंखों के सामने देख प्रिया के आंखों में खुशी के आंसू आ जाते हैं।

प्रियांक का दिल अपने प्यार प्रिया को देखकर जोरों से धड़कने लगता है, बेचैनी हालात इधर भी बेचैनी हालात उधर भी। जैसे चारों तरफ हरियाली आ गई हो, जैसे पतझड़ के मौसम में पौधों में फूल खिल गये हो, जैसे शाम की लालिमा के साथ सुरज की पहली किरण भी जुड़ गई हो, जैसे पूरे ब्रह्मान्ड के मंदिर में खुद ब खुद दिपक से जल गए हो, जैसे बर्फ में किसी ने आग सी लगा दी हो, जैसे गर्मी की दुपहरी की धूप में ढ़ंडी हवा सी चल गई हो, जैसे पींजड़े के हरेक पंछी आजाद हो गए हो, जैसे काले बादल में धुप सी आ गई हो, जैसे रेत के कुंए से शितल जल आ गया हो, हर तरफ खुशियां ही खुशियां, प्यार ही प्यार, एक अपनेपन का एहसास करीब आ गया हो।

<u>और अब-</u>

प्रियांक ने कहा

अपने आंखों के अश्क बहा कर सोना
तुम मेरी यादों के दिये जला कर सोना
डर लगता है नींद ही छीन न ले तुझे
तु रोज मेरे ख्वाबों में आ कर सोना

प्रिया ने कहा

नजरे मिली है आज पर प्यार हमें है बरसों से
पलके उठी है आज पर इंतजार हमें है बरसों से
न जाने क्या कशिश है तेरी चाहत में
दिदार हुआ है आज पर इस दिन का इंतजार था हमें है बरसों से

शायराना न जाने हम किस दर्द में करने लगे

तेरी चाहत में हम पल पल मरने लगे
टूटा था दिल हमारा या कोई ख्वाब सजोने लगे

प्रियांक ने कहा

न चाहते हुए भी तुझसे क्यूं दूर जाने लगे
गोरी दुनिया न समझे मेरा एतबार
मुझे बस है बस तेरा दीदार

प्रिया ने कहा

एक बार नहीं सून लो बार बार
यूं बेवफा नहीं मेरा एक तरफा प्यार
रोते है लोग हसते है लोग
उठते है लोग गीरते है लोग
मरते है लोग जीते है लोग

प्रियांक ने कहा

एक तरफा प्यार में खुल के खुद को समझते है लोग
गुनाह इश्क है तो गलती की हमने
सज़ा जो भी हो मंजुर की हमने

प्रिया ने कहा

न जीद की ना कोई गुरूर की हमने
बस आपको पाने की सुरूर की हमने
ना फिर से कही टूट जाऊं आपके इंतजार में
इसलिय डरता हूं इश्क के इज़हार में
यू तो बेइन्तहा प्यार है आप मे

प्रियांक ने कहा

पर डर लगता है उसके एतबार में
मुझे किसी की चाहत नहीं सिवाय तेरे
मेरी नजर को किसी की तलाश नहीं सिवाय तेरे

प्रिया ने कहा

किसी के पास वो सूरत नहीं सिवाय तेरे
जो मेरे दिल और मेरी जिन्दगी से खेल सके
किसी को इतनी इजाजत नहीं सिवाय तेरे
रूहानी दिल हमारा था टूटा हमारा था
इश्क़ हमारा था इज़हार हमारा था
हमारा प्यार एक तागत ही नहीं जुनून है

प्रियांक ने कहा

इसमें जन्नत ही नहीं एक सकून है
है दिल खफा नजरे भी है जुदा
खामोशियों की भी होती है जुबा

प्रिया ने कहा

दूरीया होके भी हमने माना है बस
आप ही को अपना खुदा

मुहब्बत भरे दिल से मन ही मन शायरी की अंताक्छरी खेलते खेलते प्रिया प्रियांक के आंखों से अश्क बहने लगे, मानों दुनिया में अब उन्हें कुछ नहीं चाहिए था, ''जैसे अब सबकुछ मिल गया हो, सब कुछ'' दोनों एक दूसरे को गले लगाने के लिए तड़पने लगे, एक दुसरे को अपनी बांहों में समा लेने के लिए तड़पने लगे, पर जब दोनों के हाथ मिले तो दोनों को ऐसा महसूस हुआ जैस आज से पहले भी यह स्पर्श उन्होंने किया हो पर कहा और कैसे ? और प्रिया प्रियांक आज एक बात के लिए कन्फर्म हो गये पर क्या ?

''इतने में'' राजीव शुक्ला वहां आते हैं और

''प्रियांक जी, सेट तैयार है'' राजीव शुक्ला ने कहा।

प्रियांक प्रिया को प्यार भरी नजरों से देखता ही जाता है।

''प्रियांक जी, सेट तैयार है'' राजीव शुक्ला ने दोबारा कहा।

''हां'' कहते हुए प्रियांक सीधे खड़े हो जाता है उधर प्रिया भी फौरन खड़ी हो जाती है।

और अब दोनों फिर से एक दुसरे को देखने लगे।

"मैंने कहा सेट तैयार है प्रियांक जी" राजीव शुक्ला ने कहा।

"ह, हु चलिये" प्रियांक ने कहा।

प्रियांक प्रिया को आशिकाना नजरों से देखते हुए शूटिंग के लिय चला जाता है।

इधर प्रिया प्रियांक को प्यार भरी नजरों से देखते हुए अरूण पाठक के कहने पर उनकी कार में बैठकर चली जाती है।

अपने प्यार को देखकर प्रिया की सारी उम्मीदें फिर से ताजा हो जाती है, उसके सोए हुए अरमान फिर से जागने लगते हैं, सालों बाद उसकी उम्मीदों को पंख लग जाते है, वह फिर से चहकने लगती है, मन ही मन हसने बोलने लगती है। पर अब भी उसमे एक शिकन रहती है कि प्रियांक जी तो इस देश के इतने बड़े एक्टर हैं और मैं एक ऐसी राइटर जो अब भी उनके पोस्ट पोजीशन में फीट नहीं बैठती तो वह मुझसे प्यार कैसे कर सकते हैं ?

तो क्या हुआ कि मैं अपने आत्म स्वाभिमान को बरकरार रखने के लिए खुद की शादी तोड़ चुकी हूं। तो क्या हुआ कि मेरे पति किसी और से प्यार करते थे तो क्या हुआ कि उन्होंने मुझे कभी छुआ तक नहीं, तो क्या हुआ कि आज भी पूरे निष्ठा के साथ तन मन से सिर्फ और सिर्फ मेरे प्रियाक जी की हूं, तो क्या हुआ उन क्षण के हर पल में मैंने प्रियांक जी को प्यार किया है, तो क्या हुआ कि ओस की हर बूंद में मैंने प्रियांक जी को प्यार किया है पर फिर भी मैं उनके हाय सोसाइटी में मैच तो नहीं बैठती। हां तो मैं प्रियांक जी से कैसे प्यार कर सकती हूं, तो क्या हुआ कि मैं उन्हें हमेशा से पूजती आई हूँ, तो क्या हुआ कि मैंने अपने मन में उनके नाम के दिपक को कभी बुझने नहीं दिया उन्हें लव यू प्रियांक जी कैसे कह सकती हूं ?

ऐसा सोचते सोचते प्रिया के आंखों में आंसू आने लगते हैं।

नहीं नहीं ये मेरी भावनाएं मुझे कहां ले जा रही है मुझे अपनी भावनाओं पर काबू पाना होगा, मैं प्रियांक जी से प्यार नहीं कर सकती, उनके सपनों को नहीं

सजो सकती, उन्हें ख्वाबों में नहीं ला सकती, उन्हें पा नहीं सकती, उन्हें अपना बना नहीं सकती तो फिर मैं प्यार उनसे कैसे कर सकती हूं।

"वो वक्त और था जब मैंने उनसे प्यार किया शायद वो मेरा बचपना था, कि वो मेरी चाहत थे, मेरी धड़कन थे, एक बार मेरी धड़कन रूक जाए तो मुंजुर था मुझे पर मेरी किसी धड़कन पर उनका नाम न हो "ये ना मंजुर था मुझे" पर अब वो वक्त बीत चुका है, अब मेरी चाहत को समझने से पहले उनकी अपनी जिंदगी है" अपने आंखों के आंसू को पोछते हुए प्रिया मन ही मन फिर से कहने लगी।

अब वह मुझसे दूर जा चुके हैं यह गलत कर रही हूं मैं, मुझे उनके बारे नहीं सोचना चाहिए, मैं उन्हें पाने का ख्वाब कैसे देख सकती हूं, अपने दिल में उनके इंतजार का दिपक कैसे जला सकती हूं, नहीं मैं ऐसा नहीं कर सकती मैं उन्हें भूल जाऊंगी, उन्हें कभी याद नहीं करूंगी, अपने आंखों को धीरे धीरे बड़ा करती गई और ,खुद ही से मन ही मन कहती गई कभी याद नहीं करूंगी, कभी नहीं अपने होटल के रूम में अपने आप से बातें करते हुए फिर से रोने लगी।

इधर प्रियांक को भी अपने प्यार को देखकर सारी उम्मिदे फिर से ताजा होने लगती है उसके भी सोये हुए अरमान फिर से जाग जाते हैं, बहुत मुद्दतो के बाद प्रियांक की भी उम्मिदों को मानों पंख से लग जाते है, वह प्रिया को पाने का ख्वाब फिर से सजोने लगता है, बरसों पहले की सोई हुई तमन्ना उसकी फिर से जाग जाती है, वह भी फिर से चहकने लगा। मन ही मन हसने बोलने लगता है पर अब भी उसमें एक शिकन रहती है कि प्रिया जी तो शादी शुदा है, उनका अपना घर होगा परिवार होगा तो वह मुझसे प्यार कैसे कर सकती है ? तो क्या हुआ कि मैंने हमेशा से प्रिया जी से प्यार किया है, तो क्या हुआ कि मैंने उनके अलावा सच्चे दिल से किसी को चाहा नही। तो क्या हुआ कि हर क्षण में मैंने प्रिया जी को प्यार किया है, तो क्या हुआ कि उन क्षण के हर पल में मैंने प्रिया जी को प्यार किया है, तो फिर क्या हुआ कि हर पल की ओस में मैंने प्रिया जी को प्यार किया है, तो क्या हुआ कि ओस के हर बूंद में मैंने पिया जी को प्यार किया है,

तो क्या हुआ कि आज मेरी जिंदगी इस मोड़ पे आ के खड़ी है जहां से सारा समुंदर मेरे पास है बस एक बूंद पानी मेरी प्यास है।

ऐसा सोचते सोचते प्रियांक की आंखों में आंसू आने लगते हैं। नहीं नहीं ये मेरी भावनाएं मुझे कहां ले जा रही है। मुझे अपनी भावनाओं पर काबू पाना होगा, मैं प्रिया जी से प्यार नहीं कर सकता, उनके सपनो को अब नहीं सजो सकता, उन्हें ख्वाबों में नहीं ला सकता, उन्हें पा नहीं सकता, उन्हें अपना बना नहीं सकता तो फिर मैं उनसे प्यार कैसे कर सकता हूं। उन्हें लव यू प्रिया जी कैसे बोल सकता हूं।

वो वक्त और था जब मैंने प्रिया जी से प्यार किया था, वो मेरी चाहत थी, मेरी धड़कन थी, एक बार मेरी धड़कन रूक जाए वो मंजुर था मुझे पर मेरी किसी धड़कन पर उनका नाम न हो ये "ना मंजुर था" मुझे पर अब वो वक्त बित चुका है, अब मेरी चाहत को समझने से पहले उनकी अपनी जिन्दगी है "अपने आंखों के आंसू को पोछते हुए प्रियांक मन ही मन फिर से कहने लगा"

अब वह बहुत दूर जा चुकी, यह गलत कर रहा हूं मैं। मुझे उनके बारे नहीं सोचना चाहिए, मैं उन्हें पाने का ख्वाब कैसे देख सकता हूं, अपने दिल में उनके इंतजार का दिपक कैसे जला सकता हूं, नहीं मैं ऐसा नहीं कर सकता। मैं उन्हें भूल जाऊंगा, उन्हें कभी याद नहीं करूंगा। अपनी आंखों को धीरे धीरे बड़ा करता गया और सोचता गया पर अगर ऐसा है तो प्रिया जी अकेली मुंबई क्यों आई है ? क्या करने आई है ? क्या बात है ? मेरी प्रिया जी की जिंदगी कैसी चल रही है, वो अपने परिवार के साथ खुश तो है ना, उन्हें कोई दुःख तो नहीं, कोई तकलीफ तो नहीं, पर कैसे जानू मैं यह सब बातें ? कैसे ? आखिर कैसे ? यह सब सोचते हुए प्रियांक एक थका हारा इंसान सा आंखों में अश्क लिये हुए ज़मिन में बैठ जाता है।

अगला दिन -

प्रियांक राजीव शुक्ला के स्टुडियो बॉडी गार्ड के साथ आता है। बॉडी गार्ड बाहर खड़े रहते हैं और प्रियांक राजीव शुक्ला के केबिन के अंदर चला जाता है।

"हेलो" "हेलो" "प्रियांक कुमार" "हाव आर यू **?**" राजीव शुक्ला ने पूछा।

‘‘वेल, आई एम फाइन” प्रियांक कुमार ने कहा।

कि अचानक प्रियांक की नजर राजीव शुक्ला की टेबल में रखी हुई फाइल पर पड़ती है, प्रियांक ने फाइल खोल कर देखा और कहा।

“राजीव जी यह किसी नरेन स्टुडियो की फाइल यहां छुट गई है” प्रियांक ने हाथ में लेकर पढ़ते हुए कहा।

“यह तो नरेन स्टुडियो की एग्रीमेन्ट की फाइल है शायद जल्दी जल्दी में छुट गई” राजीव शुक्ला ने हाथ में प्रियांक से फाइल लेते हुए कहा।

‘‘यह वही स्टुडियो की फाइल है जिनके साथ राइटर प्रिया जी आई थी, जिसे कल आपने बचाया था’’ राजीव शुक्ला ने फिर से कहा।

यू तो प्रियांक प्रिया को भूला देना चाहता था पर उसकी सच्चाई जान्ने का एक बहाना उसे मिल गया।

“लाइये मैं ये फाइल नरेन स्टुडियो जाकर दे आता हूं” प्रियांक ने फाइल को मांगते हुए कहा।

‘‘नहीं नहीं’’ प्रियांक जी, “मैं किसी स्टाफ को बोल दूंगा वह यह फाइल दे आएगा” राजीव शुक्ला ने फाइल को टेबल पर रखते हुए कहा।

‘‘नहीं नहीं’’, “मैं ले जाता हूं एग्रीमेन्ट वाली बात है, कहीं फाइल ‘‘इधर’’ ‘‘उधर’’ हो गई तो मुशकिल हो जाएगी, और वैसे भी मैं अपने कुछ पर्सनल काम से उधर जा ही रहा हूं तो देता जाऊंगा” प्रियांक ने फाइल को हाथ में लेते हुए कहा।

यह कहता हुआ प्रियांक नरेन स्टुडियो वॉडी गार्ड के साथ चला जाता है।

‘‘आइये आइये आइये’’ ‘‘प्रियांक जी ‘‘वेलकम वेलकम वेलकम’’

“वाट अ प्लीजेन्ट सरप्राइज, धन्य हो गए हम जो आपके कदम हमारे स्टुडियों में पड़े” सारी बातें कहते हुए अरूण पाठक अपनी कुर्सी से खड़े हो गए, हाथ मिलाते हुए कहने लगे।

''हेलो हेलो'' प्रियांक ने कहा।

"प्लिज हेव अ सीट" अरूण पाठक ने कहा।

और अब दोनो बैठे !

"कहिए क्या लेंगे आप" अरूण पाठक ने कहा।

"पहले तो आप अपनी फाइल लिजिए जो आप हमारी स्टुडियो में भूल आए थे" कहते हुए प्रियांक अरूण पाठक को उनकी फाइल दे देता है।

''ओ हो हो हो'' ''थेंक्यू थेंक्यू'' ''सो मच'' पर आप ने तकलिफ क्यों की मैं आने ही वाला था" अरूण पाठक ने कहा।

''कोई बात नहीं मैं आऊं या आप'' जरूरी तो फाइल देनी थी, सो इटस् ओके" प्रियांक ने कहा।

"वैसे आपकी शूटींग कैसी चल रही है ?" प्रियांक ने पूछा।

"एक दम फस्ट क्लास" अरूण पाठक ने कहा।

"वैसे राइटर प्रिया जी केसी है ? उन्हें कल कहीं चोट तो नहीं आई'' प्रियांक ने पूछा।

''नहीं नहीं बिलकुल नहीं, वह पास में ही है मैं बुला देता हूं'' अरूण पाठक ने कहा।

''रींग रींग" अरूण पाठक ने पीयून को घंटी बजा के बुलाया।

''यस सर'' पियून ने कहा।

''ज़रा किशोर सर को कहो तो कि प्रिया जी को थोड़े देर के लिये यहां भेज दे, प्रियांक कुमार आऐ हैं और उन्से मिलना चाहते हैं।" अरूण पाठक ने पियून को कहा।

“वैसे क्या आप प्रिया जी की लिखी हुई बातों को पढ़ते हो” अरूण पाठक ने पूछा।

‘‘यस यस’’ प्रियांक ने कहा।

‘‘अभी अभी कुछ दिनो पहले जो प्रिया जी ने लिखी कि हमारा देश तब तक तरक्की नहीं कर सकता जब तक विरथ कण्ट्रोल न हो जाये, यह बात उन्होंने कितनी अच्छी और सच्ची लिखी है। प्रियांक ने अरूण पाठक को कहा।

इधर पीयून जाकर किशोर भरत को सारी बातें बताता है।

उधर अरूण पाठक प्रिया के यहां आने की वजह बताते हैं पर प्रियांक को अभी भी संतुष्टी नहीं होती है।

यह बात सूनते ही कि प्रियांक जी उनसे मिलना चाहते हैं, प्रिया के अचानक हाथ पैर कांपने लगत हैं, वह तड़पने लगती है। इस बात को किशोर भरत तो नोटिस नहीं कर पाते हैं पर करण जो उस वक्त किसी कारण वश किशोर भरत के साथ था, वह प्रिया की बेचैनी भरी तड़प को नोटिस कर लेता है।

“नहीं मैं प्रियांक जी को नहीं देखूंगी, उनके बारे मे नहीं सोचूंगी, उनसे नहीं मिलूंगी, मैं कैसे उनका सामना करूं, अगर मैने उनका सामना किया तो कही पता न चल जाये कि मैं उनसे प्यार करती हूं, वो ही मेरी पहली और आखरी चाहत है।” यह सोचते हुए प्रिया की आंखों में आंसू आ जाते हैं, आंसू पोछते हुए सोचती है पर ‘‘सर की तो आज्ञा का पालन करना पड़ेगा ना’’

‘‘नोक’’ ‘‘नोक’’ प्रिया ने अरूण पाठक के केबिन के बाहर खड़ा होते हुए कहा।

अरूण पाठक ने देखा

“मे आई कमिंग सर” प्रिया ने पूछा।

‘‘यस यस’’ ‘‘कम प्रिया जी कम, वी आर वेटींग फोर यूं” ‘‘अरूण पाठक ने कहा।

प्रिया सर झकाऐं हुए घबराती हुई केबिन के अंदर आई ''जोरो सा धड़कता हुआ दिल लिए'' अपनी शुध बुध को खोते हुए प्रिया अपने कांपते हुए हाथों से प्रियांक को हेलो कहती है। ''सिट प्रिया जी'' अरूण पाठक ने कहा।

''थैंक्स, सर" प्रिया ने बैठते हुए कहा।

इधर प्रियांक का दिल प्रिया को देखकर जोरों से धड़कने लगता है, अपना जोरों से धड़कता हुआ दिल लिए, आशिकाना नजरों से प्रिया को देखने लगता है। ''मानों दिल बेचैन हो प्रिया से बातें करने के लिय'' ''उस्से कुछ पूछने के लिय'' ''उसके बारे कुछ जान्ने के लिय'' ।

इतने में अरूण पाठक प्रियांक से कुछ और बाते करना चाहते हैं।

इतने में कोई अरूण पाठक के कबिन में आता है और कहता है, "सर एक साथ सारी लाइट्स अचानक खराब हो गई है आगे की शूटींग कैसे होगी ?"

प्रियांक ने सोचा अच्छा मौका है, प्रिया जी से बातें करने का और कहा-

''अरूण जी आप जा कर देखिये, मैं यहां बैठता हूं कोई प्रोब्लेम नहीं है"'प्रियांक ने कहा

''पर.................'' अरूण पाठक ने कहा।

"कोई बात नहीं है चिंता मत किजीए मैं बैठता हूं" प्रियांक ने फिर से कहा।

"पर आप कहीं जाइयेगा नहीं मुझे आप से बहुत सारी बातें करनी है, एण्ड प्रिया जी आप दोनों आराम से बाते करे मैं यू गया और यू आया" कहते हुए अरूण पाठक चले गये।

इधर प्रियांक प्रिया की आंखों में खोता गया, उधर प्रिया प्रियांक में खोती गई और फिर दोनों एक दुसरे को आशिकाना नजरों से देखने लगे और प्रियांक कहने लगा-

एक भी शाम न थी जिसमें आप की याद न आई

हर कतरे ने आप की याद है दिलाई
बड़ी आसानी से छोड़ दिया आपने हमें
आपकी याद ने हमें खुब है तड़पाई

प्रिया ने कहा-

असर उनको ज़रा नहीं होता
रंग राह फिजा नहीं होता

प्रियांक ने कहा

तुम हमारे किसी तरह न हुए
वरना यह दुनिया में क्या नहीं होता
दोनों मन ही मन कहने लगे

थोड़ी देर बाद -

"कैसी है राइटर प्रिया जी" प्रियांक ने प्रिया को आशिकाना नजरों से देखते हुए पूछा।

प्रिया आश्चर्य भरी छलकते हुई आंखों में गम के आंसू लिए प्रियांक को फिर से देखने लगी, उसे समझ नहीं आ रहा था कि प्रियांक जी को कैसे पता कि मैं राइटर हूं, क्योंकि उसे लगता था कि प्रियांक तो इतने बड़े स्टार है तो उन्हें कहां फुर्सत होगी कि वह उसकी राइटींग पढ़ता रहे।

''प्रियांक जी, आप को कैसे पता कि मैं राइटर हूं ?" प्रिया ने पूछा।

पर प्रियांक ने कुछ जवाब नहीं दिया।

"आप की फेमिली कैसी है प्रिया जी ?" प्रियांक ने पूछा।

प्रिया धीमे आवाज में ''अच्छी है, कह के रह गई।"

"पर प्रियांक जी आप ने मुझे नहीं बताया कि आप मेरे बारे यह सारी बातें कैसे जानते हो ?" प्रिया ने पूछा।

प्रिया आंखों में अश्क लिय हुए पूछती है

"क्या प्रियांक जी आप मेरी लिखी हुई चीज़ों को पढ़ते हो ?"

"पहले आप बताइये प्रिया जी आप की शादी शुदा जिंन्दगी कैसी चल रही है ?" प्रियांक ने पूछा।

प्रिया यह बात सूनकर एक दम शोक्ड हो जाती है कि प्रियांक जी को इतनी सारी बातें मेरे बारे कैसे पता है ?

इतने में अरूण पाठक वहां आ जाते हैं और बात वही की वही धरी रह जाती है।

प्रियांक कुछ काम याद आ गया कहता हुआ अरूण पाठक से हाथ मिलाता है और वहां से फौरन चला जाता है।

केबिन के बाहर खड़ा होकर करण सब कुछ देखता रहता है।

कही प्रिया जी का प्यार प्रियांक कुमार तो नहीं पर यह कैसे हो सकता है पर अगर ऐसा नहीं है तो प्रियांक कुमार का नाम सूनते ही प्रिया जी को क्या हो जाता है ? अचानक उनके हाथ पैर क्यों कांपने लगे, वह तड़पने क्यों लगी, प्रिया जी बेचैन क्यों होने लगी ? उनकी आंखों से आंसू क्यों बहने लगे ? अगर यह बात है तो प्रियांक सर समझते क्यों नहीं कि प्रिया जी उनसे प्यार करती है पर देख के तो ऐसा ही लग रहा था कि प्रियांक सर भी शायद प्रिया जी से प्यार करते है। क्या करूं मैं कैसे सच्चाई का पता लगाऊं ? करण यह सारी बातें सोचता है।

शाम चार बजे -

प्रियांक नरेन स्टूडियो फिर से आता है, स्टुडियो के सभी लोग हेलो सर, हेलो सर करते हुए स्वागत करते हैं, सब का हेलो का जवाब देते हुए

प्रियांक ने अरूण पाठक के केबिन के बाहर बैठे पियून से पूछा-

"अरूण जी केबिन में है ?"

"सर तो अभी अपने केबिन में नहीं है, कुछ काम से बाहर गए है।" पियून ने कहा।

"कोई बात नहीं मेरा मोबाइल उनकी केबिन में छुट गया है वो लेने आया हूँ, आप लोग सब अपने अपने काम करिये" प्रियांक ने वहां के सभी लोगों को कहा।

"और हां प्रिया जी कहा है?" प्रियांक ने पूछा।

यह बात सुनते के साथ करण फिर से प्रियांक पर शक करने लगा। वह शक की नज़र से देखते हुए प्रियांक से पूछा

"पर सर आप प्रिया जी को........................क्यों ?"

"मुझे उनकी स्टोरी को लेकर कुछ डिस्कशन करना है, ज़रा उन्हें मेरे पास भेज दिजीए" प्रियांक ने कहा।

"जी सर" करण ने कहा।

करण का शक अब यकिन में बदलने लगता है, क्योंकि कोई भी एक्स्ट्रा मोबाइल अरूण पाठक के केबिन में नहीं था।

करण प्रिया के पास जाकर उसे बुला ले आता है और खुद सही बात जानने के लिए प्रिया और प्रियांक को अरूण पाठक के केबिन में छोड़ वहां से चला जाता है। अब प्रियांक और प्रिया दोनों बाते करना शुरू करते हैं।

"कहिए प्रियांक जी आप को मेरी स्टोरी को लेकर क्या डिशकस करना है" प्रिया ने प्यार भरी नजरों से देखते हुए पूछा।

"प्रिया जी यहां मैं सिर्फ आपसे मिलने आया हूं और मुझे कोई स्टोरी की डिस्कशन नहीं करनी है" ''प्रियांक ने प्रिया के दोनों हाथों को अपने दोनों हाथों से पकड़ कर प्रिया को सामने की कुर्सी में बिठाते हुए कहा।

फिर से दोनों को हाथों के स्पर्श से एहसास होते हैं। "पर प्रिया जी आपने कहा नहीं आपकी शादी शुदा जिन्दगी कैसी चल रही है ?" प्रियांक ने पूछा।

वह घबराती हुई कहती है "अच्छी"।

"और आपके पति क्या करते हैं ?" प्रियांक ने पूछा।

अब उसे कुछ समझ में नहीं आता है कि क्या जवाब दे। वह बात को पलटना चाहती है और उसकी इसी बात पे प्रियांक को उसकी विवाहित जीवन पर शक होने लगता है।

"एक बात पूछू ?" प्रिया ने छलकती हुई आंखों के साथ पूछा।

"हां पूछो प्रिया जी" प्रियांक ने छलकती हुई आंखों से कहा।

"मेरी शादी हो चुकी है यह बात आपको कैसे पता प्रियांक जी ?" प्रिया ने कहा।

"वो..................मैं.........................क्या कहूं" प्रियांक ने कहा।

इतने में अरूण पाठक आ जाते हैं और प्रिया प्रियांक की बातें फिर से अधुरी रह जाती है।

करण आज प्रिया और प्रियांक के बीच की बातें केबिन के बाहर से अच्छे से सून लेता है और सूनकर आश्चर्य हो जाता है क्योंकि प्रिया शादी शुदा है यह बात उसे भी पता नहीं थी।

करण अब पूरे तरीके से समझ चुका था कि प्रियांक सर न ही प्रिया जी से मिलने आए थे, ना ही यहां कोई एक्सट्रा मोबाइल छुटा था, और ना ही प्रियांक सर ने स्टोरी से रिलेटेड कोई बात करनी थी।

करण यह समझ चुका था कि दोनों ही एक दुसरे से बहुत प्यार करते हैं पर ''लव यू'' कहने में संकोच कर रहे हैं। ''वो प्रियांक और प्रिया दोनों के ही आंखों में एक दुसरे के लिय लिखे हुए प्यार के पन्नों को पढ़ चुका था''।

पर प्रिया जी तो शादी शुदा है तो वह प्रियांक सर से कैसे प्यार कर सकती है, आखिर बात क्या है ? मुझे पता लगानी ही होगी।

शाम आठ बजे -

करण प्रिया से मिलने विराट होटल आता है।

नोक नोक

प्रिया अपने रूम का दरवाजा खोलती है, प्रिया यह बात समझ चुकी थी कि करण उसके इजाजत के बगैर उसके साथ कुछ नहीं कर सकता इसलिय उसे करण से अकेले मिलने में कोई परेशानी नहीं थी।

"हेलो करण जी" प्रिया ने कहा।

''आइये, आइये'' बैठिये" प्रिया ने मुस्कुराते हुए करण से कहा।

अब दोनों होटल के रूम के बेड पर बैठते हैं।

"कॉफी मंगवाऊं करण जी ?"प्रिया ने पूछा।

"नहीं प्रिया जी, कुछ नहीं थैंक्स" करण ने कहा।

"प्रिया जी आज मैं आपसे कुछ पूछने आया हूं ?" करण ने कहा।

प्रिया यह बाते सुनते के साथ एकदम घबरा जाती है फिर भी

''कहिये करण जी, क्या बात है ?" घबराती हुई प्रिया पूछती है।

"आर यू मेरेड प्रिया जी ?" करण ने पूछा।

प्रिया सोचने लगती है..

''मैंने पूछा'' ''आर यू मेरेड प्रिया जी ?'' करण ने फिर से पूछा ।

प्रिया आंखों में अश्क लिय हुए कहती है-

"य............स आइ एम मेरेड" ।"तो इसमें छिपाने वाली क्या बात है ?" करण ने पूछा।

''बताओ प्रिया जी क्या बात है ?" करण ने पूछा।

"क्योंकि मैं इस बारे में किसी को कुछ बताना नहीं चाहती, लोग पूछेंगे कि मेरे पति कौन हे ? कहां है ? तो मैं क्या जवाब दूंगी ?" प्रिया यह बात कहते हुए रोने लगी।

"क्यों प्रिया जी ऐसी क्या बात है" करण ने पूछा।

"नहीं मैं नहीं बता सकती" प्रिया ने कहा।

"पर क्यों ?" करण ने पूछा।

"प्लिज़ करण जी मुझसे ज़िद मत करो, मैं नहीं बता सकती'' प्रिया ने कहा।

"प्लिज प्रिया जी, प्लिज मुझे कुछ तो बताओ" करण ने कहा।

"मैं उन्हें बरसों पहले छोड़ चुकी हूं" प्रिया ने नफरत करते हुए कहा।

"हमारी शादी टूट चुकी है" प्रिया ने फिर से नफरत से कहा।

''प्रिया जी लोगों को आज में जीना चाहिए कल तो पानी भी देता है'' करण ने प्रिया के चेहरे पर मुस्कुराहट लाने के लिए मजाक करते हुए कहा।

और अब प्रिया और करण हस पड़े।

और आज करण इस बात के लिय तो कन्फर्म हो जाता है कि प्रिया जी प्रियांक सर से प्यार कर सकती है, मुझे प्रिया जी नहीं मिली तो मुझे इतना दुःख हो रहा है। अगर प्रिया जी को प्रियांक सर नहीं मिलेंगे तो उन्हें कितना दुःख होगा।

अगली सुबह -

रोज की तरह आज भी प्रिया समय पे किशोर भरत के ऑफिस पहुंच गई और अपनी राइटींग मे लग गई ।

इधर प्रिया को देख करण सोचने लगा, "काश काश की प्रिया जी को उनकी मुहब्बत मिल जाये, पर कैसे ? काश की ऐसा कुछ हो जाये जिस्से कि प्रिया जी और प्रियांक सर एक दूसरे के करिब आने लगे।" यह बात करण सोच ही रहा था कि इतने में किशोर भरत के आफिस की फस्ट फ्लोर की सिढ़ीयों से उतरते वक्त प्रिया के पाव लड़खड़ा गए और वह गीर कर बेहोश हो गई।

''प्रिया जी'' ''प्रिया जी'' करता हुआ करण दौड़ा इतने में प्रियांक भी राजीव शुक्ला के कहने पर प्रिया की स्टोरी के बारे डिस्कस करने वहां पहुंचा तो देखा प्रिया बेहोश जमीन में पड़ी हुई है। वह फौरन प्रिया को अपने गोद में लेकर अपनी कार में पीछे की सीट में लीटा के उसका सर अपने गोद में रख कर सीटी हॉस्पिटल ले जाता है। साथ ही साथ करण और बाकी लोग भी पीछे कार में हॉस्पिटल आने लगते हैं। हॉस्पिटल पहुंचते के साथ प्रियांक को सब लोग ऑटोग्राफ लेने के लिये घेर लेते हैं पर जब प्रियांक के गोद में प्रिया को देखते हैं तो खुद ब खुद प्रियांक को हॉस्पिटल के अंदर जाने के लिए जगह खाली कर देते हैं। वार्ड बाय फौरन स्ट्रेचर लेकर आता है और प्रियांक प्रिया को स्ट्रेचर पर लीटा देता है। डॉक्टर कुछ फोरमलिटीज़ पूरी करने को कहते हैं और प्रिया को अंदर लेकर चले जाते हैं। प्रियांक हॉस्पताल की फोरमलिटीज़ पूरी कर देता है और प्रिया का ''ओ'' ''टी'' से सुरक्षित बाहर निकलने का इंतजार करने लगता है।

दो घंटे बाद -

डॉक्टर प्रिया का छोटा सा ऑपरेशन कर के प्लास्टर चढ़ा के बाहर निकलते है।

''डॉक्टर अब प्रिया जी कैसी है? क्या हुआ था वो बेहोश क्यों हो गई ?'' प्रियांक ने पूछा।

"एक्चवली गीरने के वजह से उनके बाई पाव की हड्डी क्रेक हो गई, बट नाव शी इज़ ऑलराईट। मैंने ऑपरेशन कर के उन्हें प्लास्टर लगा दिया है थोड़ी देर में उन्हें होश आ जाएगा, सो डोन्ट वरी अबाउट इट" डॉक्टर ने कहा।

करण के साथ बाकी लोग भी प्रियांक की बेचैनी को देखते हुए समझ जाते हैं कि शायद प्रियांक प्रिया से प्यार करता है।

''यह कुछ कैल्शियम की दवाईयां मैंने लिख दी है हास्पिटल के मेडिकल स्टोर से ले आइए" डॉक्टर ने कहा।

इतने में वाड वॉय प्रिया को स्ट्रेचर में ऑपरेशन थीएटर से बाहर लाता है।

इधर करण प्रिया की दवा लेने चला जाता है।

"प्रिया त्रिपाठी को रूम नं० सेवेन में ले चलो" डॉक्टर ने कहा।

वार्ड वॉय प्रिया को रूम नं० सेवेन के बेड में लिटा देता है।

''प्रिया जी'' ''प्रिया जी'' प्रियांक घबराता हुआ कहता है।

''इन्हें थोड़ी देर में होश आ जाएगा" डॉक्टर ने कहा।

"हां पर अब इनका खास ख्याल रखना पड़ेगा अभी कुछ दिनों तक इन्हें ज़रा सी भी चलने फिरने नहीं देना है" डॉक्टर ने कहा।

इतने में करण दवाईयां लेकर आ जाता है और पीछे खड़ा डॉक्टर की कही हुई सारी बातें सून लेता है।

यह सब बातें हो ही रही थी कि प्रिया को होश आने लगता है, वह अपने सामने प्रियांक को देख कर बहुत खुश हो जाती है पर साथ ही साथ कुछ सोचकर अपनी भावनाओं पर काबू पाने की कोशिश में सफल भी हो जाती है।

"अब कैसा लग रहा है, प्रिया जी ?" प्रियांक ने पूछा।

''ठिक हूं प्रियांक जी'' कहती हुई प्रिया उठ के बैठने की कोशिश करती है।

प्रियांक प्रिया के पीठ की ओर तकिया लगा कर बिठाने जाता है।

"प्रियांक जी मैं कर लूंगी" प्रिया ने कहा।

''नहीं मैं कर देता हूं'' कहता हुआ प्रियांक प्रिया के पीठ की ओर तकिया लगा कर बिठा देता है।

''थैंक्स'' प्रिया ने प्रियांक से कहा।

“ह..........................आप दोनों बातें करिये मैं ज़्रा बाहर से आता हूं” करण और बाकी लोग कहते हुए चले जाते है।

प्रिया और प्रियांक एक दूसरे को प्यार भरी निगाहों से देखने लगते हैं कि अचानक प्रिया और प्रियांक को अपनी अपनी बातें याद आ जाती है।

“प्रियांक जी के जितनी बड़ी मेरी हस्ती नहीं, इसलिए मुझे प्रियांक जी से प्यार करने का भी कोई हक़ नहीं। मैं अगर प्रियांक जी से सच्चा प्यार करती हूं तो उनकी भलाई के लिय मुझे उनसे मुंह फेरना ही पड़ेगा” प्रिया मन ही मन सोचती है।

“प्रिया जी की तो शादी हो चुकी है, वो अपने परिवार के साथ खुश होगी, इसलिए मुझे उनसे प्यार करने का कोई हक़। मैं अगर प्रिया जी से सच्चा प्यार करता हूं तो उनकी भलाई के लिय मुझे उनसे मुंह फेरना ही पड़ेगा अपने प्यार की कुर्बानी देनी हो होगी। पर इस वक्त में मैं प्रिया जी को कैसे छोड़ के जा सकता हूं ?” प्रियांक मन ही मन सोचता है।

यह बात सोच दोनों के आंखो में अश्क आ जाते हैं और दोनों एक दुसरे से नजरें चुराने लगते है।

थोड़ी देर बाद

“प्रिया जी आप आराम करो मैं एक छोटा सा काम करके आता हूं” प्रियांक ने कहा।

चलो अब आप आराम करो कहता हुआ, प्रियांक प्रिया को बेड में लिटा के माथे को सहलाते हुए सूला देता है, और खुद कमरे से बाहर जा के डेस्क में बैठ खिड़की के शीशे से बहार देखते रहता है।

<u>दो घंटे बाद -</u>

किशोर भरत और अरूण पाठक प्रिया से मिलने आते हैं, प्रियांक को प्रिया के रूम के बाहर बैठा प्रिया के लिए चिंता करता देख दोनों प्रियांक कुमार पर शक

करने लगते हैं और प्रियांक को प्रिया से मन ही मन प्यार करता देख खुश होने लगते हैं । और फिर-

"हेलो प्रियांक जी, क्या कर रहे हैं ?" किशोर भरत ने पूछा।

"कुछ नहीं, यू ही" प्रियांक ने कहा।

इतने में प्रिया की नींद टूट जाती है और वह शिशे के अंदर से प्रियांक के साथ किशोर भरत और अरूण पाठक को बात करते देख लेती है, तभी में इन तीनों की भी नजर प्रिया पर पड़ जाती है, तीनों मुस्कुराते हुए प्रिया के पास आते हैं।

''हेलो प्रिया" किशोर भरत ने कहा।

''हाव आर यू फीलींग नाव ?" अरूण पाठक ने पूछा।

''बेटर सर'' प्रिया बेड से हल्का सा उठते हुए कहती है।

''अरे अरे'' कोई बात नहीं अरूण पाठक और किशोर भरत प्रिया को बेड से उठने से मना करते हुए कहा।

''बैठिय सर'' प्रिया प्रियांक की मदद पाकर हल्का सा बेड में बैठती हुई कहती है।

इतने में नर्स आती है और प्रिया का चेक-अप करती है।

''सिस्टर इन्हें किसी बात की तकलिफ तो नहीं ?" प्रियांक ने पूछा।

''नही, सब ठीक है। हां दवाइयां समय पे देते रहियेगा एन्ड

खाना पीना सब खा सकती हैं" नर्स ने प्रियांक से कहा।

"ठिक है सिस्टर" प्रियांक ने कहा।

"मैं वार्ड वॉय के हाथों डीनर भीजवा देती हूं" नर्स ने कहा।

"ओके सिस्टर" प्रियांक ने कहा।

“प्रिया आप को किसी भी चीज़ की कोई जरूरत हो तो जरूर कहना” किशोर भरत ने कहा।

“जी सर जरूर” प्रिया ने कहा।

अब दोनों प्रिया को गेट वेल सून कहते हुए चले जाते हैं।

इधर प्रिया का दिवाना प्रियांक-

‘‘प्रिया जी, प्रिया जी‘‘ प्रियांक ने कहा।

‘‘नहीं प्रियांक जी‘‘ प्रिया ने कहा।

‘‘नो प्रिया जी प्लिज प्रिया जी” प्रियांक ने फिर से कहा।

‘‘नहीं प्रियांक जी प्लिज हो गया” प्रिया ने कहा।

‘‘बस एक बार और प्रिया जी” प्रियांक ने फिर से कहा।

‘‘नहीं प्रियांक जी प्लिज मेरा मन भर गाया” प्रिया ने कहा।

‘‘पर मेरा मन नहीं भरा प्रिया जी” प्रियांक ने कहा।

‘‘मेरे लिए एक बार और प्रिया जी” प्रियांक ने फिर से कहा।

‘‘मेरे लिए प्लिज प्रिया जी प्लिज” प्रियांक ने कहा।

‘‘इ श श श श... प्रियांक जी बहुत गर्म है” प्रिया ने कहा।

‘‘हां वो तो होंगे ना तभी तो आपको मजा आएगा” प्रियांक ने कहा।

‘‘मजा आया ?” प्रियांक ने पूछा।

‘‘हां” प्रिया ने कहा।

और अब इस तरह से कहते कहते प्रियांक प्रिया को वार्ड वॉय के हाथों लाया हुआ पूरा खाना खिला देता है और साथ ही साथ दवा भी दे देता है।

''थैंक्यू प्रियांक जी" प्रिया ने कहा।

''यू आर मोस्ट वेलकम प्रिया जी" प्रियांक ने प्रिया से कहा।

वैसे प्रिया जी एक दोस्त ही दुसरे दोस्त के काम आता है।तो नो ''थैंक्स'' प्रियांक प्रिया को बेड में लिटाते हुए कहता है।

प्रियांक प्रिया के बगल में बैठ कर उसके माथे को सहलाते हुए बातें करता है, थोड़ी देर बाद प्रिया की आंख लग जाती है और वह सो जाती है। प्रियांक प्रिया को प्यार भरी नजरों से देखता रहता है और मन नही मन सोचता है।

तेरी ज़िन्दगी के हर राह पर
टूट के बिखर जाऐंगे हम
जिस जगह भी तुम रखो अपना कदम
वहा पलके बिछा जाऐंगे हम

अगली सुबह -

प्रिया की जब नींद टूटती है तो वह अपने रूम में रखी बेंच में प्रियांक को सोया हुआ देख बहुत खुश होती है। प्रियांक को इतना सेवा करता देख प्रिया का दिल भर आता है और उसके नैन प्यार भरी नजरों के साथ होठों पे मुस्कुराहट लिए छलक उठते हैं और वह मन ही मन कहती है।

आप के ख्वाबों को अपने दिल में लिए,
बेइंतेहा मुहब्बत किए जा रहे हैं हम
बिना किसी के जलाए,
बस यूं ही जलते जा रहे हैं हम।

थोड़ी देर बाद प्रियांक की भी नींद टूट जाती है, उसे जागता हुआ देख उस पर से प्रिया अपनी नजरें हटा लेती है।

''गुड मोनिंग प्रियांक जी" प्रिया ने कहा।

''वेरी गुडमोनिंग टू यू प्रिया जी" प्रियांक ने कहा।

‘‘ नींद अच्छी आई प्रिया जी” प्रियांक ने पूछा।

‘‘ह............म” प्रिया ने बंद होठों से जवाब दिया।

‘‘चलिए प्रिया जी कुछ एंटरटेमेंट किया जाए” प्रियांक ने कहा।

“ह................हु पर क्या ?” प्रिया ने पूछा।

“ह.................म...........आप केरैम बोड खेलोगे ?” प्रियांक ने पूछा।

‘‘यस, बट यहां................के..............रेम........बेड कैसे ?” प्रिया ने पूछा।

इतने में हॉस्पिटल की सिस्टर प्रिया का चेकप करने आती है।

‘‘ओ’’ ‘‘हो’’ ‘‘गुड गुड’’ सिस्टर ने कहा।

‘‘नाव इज़ शी ऑल राईट ?” प्रियांक ने पूछा।

‘‘यस यस’’ अब्सोलुतेल्य” सिस्टर ने चहकते हुए कहा।

सिस्टर हम दोनों को कैरेम बोड खेलनी है, तो क्या........?” प्रियांक ने इच्छा को जाहिर करते हुए इजाजत लेने की कोशिश की।

‘‘यस यस’’ ‘‘जरूर खेलिए’’ ‘‘मैं भिजवा देती हूं’’ सिस्टर ने कहा।

“पर आप लोग यहां हॉस्पिटल में................”प्रियांक ने जानने के लिए पूछने की कोशिश की।

‘‘यस, हम लोग पेशेंट के एंटरटेनमेंट के लिए इन्डोर गेम्स् हास्पिटल में रखते हैं मै अभी वार्ड वॉय के हाथों कैरैम बॉड भिजवा देती हूं”सिस्टर ने कहा।

‘‘थैंक्यू सिस्टर’’ प्रिया और प्रियांक ने कहा।

‘‘वेलकम’’ ‘‘वेलकम’’ सिस्टर कहती हुई चली जाती है ।

थोड़ी देर बाद वार्ड वॉय कैरेम बोड, गोटी और पावडर ले कर प्रिया के रूम में आता है।

प्रियांक प्रिया के बैठने के जगह को एडजस्ट कर के कैरेम बोड रखता है उसमें पावडर मिला कर गोटी बीच में रखता है। अपने दोनों हाथों के तरहत्ती को मिलाते हुए, अपने होठों को फेला के होठों को मिलाते हुए पूरे जोश के साथ गेम स्टार्ट करने का उत्साह प्रकट करता है।

प्रिया प्रियांक के गेम के जोश को देखते हुए उसे प्यार भरी नजरों से देखने लगती है। इतने में अचानक प्रियांक की नजर प्रिया पर पड़ती है तो वह झट से प्रियांक पर से अपनी नजर हटा लेती है।

इतने में ;

"चलिए प्रिया जी गेम स्टार्ट करते हैं" प्रियांक ने कहा।

"ओ के" प्रिया ने कहा।

"प्रिया जी आप बहुत गोरी है तो..................वाइट लिजीए" प्रियांक ने कहा।

''क्यों ? क्या आप काले हैं प्रियांक जी" प्रिया ने कहा।

"न्हीं............आप जितना गोरा भी तो नहीं" अपने दोनों हथेलियों को अपने दोनों ओर फेलाते हुए अपने होठों को दबाते हुए प्रियांक ने कहा । ''नहीं आप भी बहुत गोरे हो प्रियांक जी" प्रिया ने प्रियांक को प्यार भरी नजरों से देखते हुए कहा।

"ह..................मृ तो क्या करूं ? ह..................मृ, एक काम करता हूं

दोनों रंगो की गोटीयों को आधी-आधी बाट लेता हूं" पियांक ने कहा।

"पर हमें पता कैसे चलेगा कि कौन कौन सी वाइट एण्ड ब्लेक गोटी हमारी है और कौन कौन सी वाइट एण्ड ब्लेक गोटी आपकी ?" प्रिया ने पूछा।

“ह...................म्, यह तो सही बात कही पर इसका एक उपाय है प्रिया जी ” प्रियांक ने कहा।

“हम दोनों मिलकर केरैम बोड पर नजरे गड़ाए रहेंगे” प्रियांक चेहरे पर मुस्कान लाते हुए अपनी दोनों आंखों को बड़ी करते हुए अपने दोनों हाथों को केरैम बोड के दोनों तरफ फेलाते हुए कहता है।

प्रियांक का ऐसा चेहरा देखकर प्रिया अपने होठों पर हाथ रखकर उसे देखते हुए बहुत ज़ोर जोर से हसती जाती। इधर प्रिया हस्ती जाती है,उधर प्रियांक प्यार भरी नजरों से उसे निहारता जाता है। और

काश की यह पल यही रूक जाये,
तू इसी तरह हस्ती जाए,
और मेरे दिल को
यूं स्कूं मिलता जाऐ ।

प्रियांक मन ही मन कहता है ।

‘‘प्रिया हस्ती हुई कहती है पर प्रियांक जी अगर नजरें हट गई तो” प्रिया ने पूछा।

‘‘तो गेम ओवर” प्रियांक ने कहा।

‘‘प्रियांक जी हमलोग केरैम बोड खेल रहे है या फिर केरैम बोर्ड की गोटीयों के साथ आईस ब्रेकर गेम खेल रहे हैं ?” प्रिया ने कहा।

‘‘जो समझो प्रिया जी आपकी इच्छा” प्रियांक ने कहा।

थोड़ी देर बाद-

वार्ड वॉय प्रिया के लिए नास्ता लाता है और प्रियांक प्रिया को नास्ता और दवा खिला देता है।

"प्रियांक जी, आप भी घर जाकर फ्रेस हो लिजिए" प्रिया ने कहा।

"फिर आप अकेली कैसे रहेंगी ?" प्रियांक ने पूछा।

"कोई बात नहीं रह लूंगी" प्रिया ने कहा।

"अगर आप को किसी चीज़ की जरूरत हुई तो ?" प्रियांक ने पूछा ।

"नहीं प्रियांक जी प्लिज, आप घर जा कर आराम करो मुझे किसी भी चीज की कोई जरूरत होगी तो बता दूंगी" प्रिया ने प्रियांक के लिए चींता जाहिर करते हुए कहा ।

"ओके मैं यूं गया और यूं आया ह...............मू" कहता हुआ प्रियांक केरैम बॉड को दिवार में टीकाता हुआ सारा सामान रखता हुआ चला गया।

आज काफी दिनों के बाद बिट्टू शूटींग से फुर्सत पा कर प्रिया से मिलने आता है । प्रिया के बारे में किशोर भरत के ऑफिस से सारी बातें पता कर वह बहुत चीतींत हो जाता है और अपनी कार से भागते हुए प्रिया से मिलने सिटी हास्पिटल जाता है। वहां वह प्रिया को सही सलामत देख खुश होता है।

इधर करण ''प्रिया प्रियांक'' के बारे में जान के कि दोनों एक दुसरे के करीब आ रहे हैं खुश भी होता है और थोड़ा दुःखी भी, फिर भी वह अपने इमोशंस को कन्ट्रोल कर; खुद को सम्हालने की कोशिश करता है और सोचने लगता है कि

"वो लोग अब भी एक दुसरे से इतनी दूर है कि एक दुसरे को प्यार करते हुए भी ''लव यू'' नहीं कह पा रहे हैं। आखिर दोनों के जुबान पर एक दुसरे के लिय सच्चाई कैसे लाई जाये । इसके लिए तो सबसे पहले प्रिया जी की शादी टूट चुकी है यह बात प्रियांक सर को बतानी पड़ेगी, और सिर्फ प्रिया जी ही नहीं बल्कि प्रियांक सर भी उनसे उतना ही प्यार करते हैं, यह बात भी प्रिया जी को बतानी पड़ेगी । पर कैसे ? मैं डायरेक्ट कुछ नहीं बता सकता कहीं प्रिया जी नाराज न हो जाए ?"

इधर यह बात करण सोच रहा था और उधर प्रियांक घर से वापस प्रिया के पास आ जाता है। वह प्रिया और बिट्टू को बाते करते हुए देख लेता है और तब प्रिया और बिट्टू एक दुसरे को कैसे जानते हैं, यह सारी बातें प्रिया और बिट्टू प्रियांक को बताते हैं।

इधर करण कुछ सोचता हुआ प्रिया को देखने हॉस्पिटल चला जाता है और सब को हेलो करते हुए बिट्टू को बहाने से बाहर बुलाता है और प्रिया और प्रियांक के बारे सारी बाते बताता है।

सब बात सून मानों बिट्टू दंग रह जाता है और उसे ऐसा लगता है जैसे उसके पाव के नीचे से ज़मिन सरक गई हो ''क्योंकि प्रिया की शादी टूट गई है और प्रिया प्रियांक से प्यार करती है" यह बात उसे भी नहीं पता थी। सारी बातें जान बिट्टू बहुत मुशकिलो से खुद को समहालता है पर वह भी प्रिया से हमेशा से प्यार करता है यह बात करण को पता नहीं चलने देता है। और अपनी दोस्ती बरकरार रखने के लिए अपने प्यार को कुर्बान कर देता है।

इधर प्रिया प्रियांक बातें करते रहते हैं, उधर करण और बिट्टू मिलके प्रिया प्रियांक की सच्चाई एक दुसरे के सामने कैसे लाई जाये यह सोचने लगते हैं।

अगर प्रिया जी की लाइफ की पास्ट स्टोरी प्रियांक सर को सूनाने को कहा जाए तो जरूर वह बता देगी" करण ने कहा।

"या फिर कोई ऐसी बात उनके मुंह से नीकल जाए जिस्से की प्रियांक सर को प्रिया की सच्चाई पता लग जाए" बिट्टू ने कहा।

"यूं के कहते हैं कि किसी के घांव को नहीं कुरेदने चाहिए पर इस वक्त प्रिया जी की पास्ट स्टोरी प्रियांक सर को पता चलनी बहुत जरूरी है।" यह बात करते हुए बिट्टू और करण प्रिया प्रियांक के पास पहुंचता है''।

"हो गया आप दोनों का काम ?" प्रियांक बिट्टू और करण से पूछता है।

"जी सर" बिट्टू कहता है।

"आइये बैठिये, प्रिया जी से बातें करीये" प्रियांक ने कहा।

और फिर बातों ही बातों में करण प्रिया से पूछ बैठता है ''प्रिया जी, आप ने अपनी जिंन्दगी के बारे कुछ खास नहीं बताई"। "हां प्रिया, यह सवाल तो मेरे मन में भी है कि तुम्हारी शादी शुदा जीवन कैसा चल रहा है ?" यह बात तो मुझे भी नहीं पता बिट्टू ने भी कहा।

यह सवाल सूनते के साथ प्रिया सोच में पड़ जाती है, "अब मैं प्रियांक जी के सामने करण जी और बिट्टू को अपने विवाहित जीवन के बारे क्या बताऊं ? क्यों प्रियांक जी के सामने यह लोग ऐसे सवाल कर रहे है। जिसका मेरे पास कोई जवाब नहीं है। मैं वो लम्हा याद नहीं करना चाहती क्यों यह लोग मेरे घांव को कुरेदने पर लगे हुए हैं। कहीं प्रियांक जी को मेरी सच्चाई न पता चल जाये, आज मैं जैसे भी हूं मेरे प्रियांक जी मेरे साथ है मेरे पास है। मेरे प्रियांक जी अगर मेरे साथ हो तो मेरे पास दुनियां की सारी खुशी है, मैं किसी भी किमत पर इस पल को नहीं गवाना चाहती और ना ही प्रियांक जी मेरी मजबूरी को देखते हए मुझे अपना बना ले यह चाहती हूं। तो क्यूं यह लोग ऐसे सवाल कर रहे हैं जिसका जवाब मैं कभी नहीं देना चाहती" प्रिया सोचने लगती है।

"सॉरी प्रिया जी, मैं जानता हूं मैं आपको कष्ट दे रहा हूं पर जिस तरह डॉक्टर को पता होता है कि कड़वी दवा और इंजेक्शन देने से पेशेंन्ट को तकलिफ होगी पर फिर भी पेशेंन्ट को ठीक करने के लिय वह कड़वी दवा और इंजेक्शन देता है ठिक उसी तरह आज मैं आप को दुःख दे रहा हूं ताकि आपकी जिंन्दगी में खुशियों का बहार ला सकूं" करण ने सोचा।

"हां प्रिया सच यही है कि सिर्फ तुम ही प्रियांक सर से प्यार नहीं करती है बल्कि प्रियांक सर भी तुमसे उतना ही प्यार करते है। आज दोस्ती के सामने मेरा प्यार हार गया प्रिया। आज

तुम्हारे जैसे दोस्त की दोस्ती के लिए अपने प्यार की कुर्बानी दे रहा हूं" बिट्टू ने मन ही मन सोचा।

कही न कही ये सारे सवाल प्रियांक के भी मन में था, पर वह भी प्रिया के तरह संकोची स्वभाव का होने के कारण प्रिया से एकदम खुल के ज़्यादा कुछ पूछ न सक रहा था।

"क्या जान्ना चाहते हैं, करण जी ?" प्रिया ने पूछा।

"यही कि मुझे लगता है शायद आपने छोड़ी हुई राइटींग को दोबारा शुरू किया पर कैसे ?" करण ने पूछा।

"यस प्रिया जी अपने छोड़े हुए काम को दोबार शुरू करना, इटस् वेरी टफ" प्रियांक ने कहा।

प्रिया फिर से सोच में पड़ जाती है"अब मैं क्या बताऊं इन लोगों को ? अपनी जिंन्दगी की सच्चाई कैसे बताऊं ? मेरे पति की सच्चाई जान कर तो मेरे माता पिता भी शोक से दुनियां से चल बसे। काश काश कि आज मेरे माता पिता मेरे साथ होते तो शायद इन्हें इतने सवाल पूछने का वक्त ही नहीं मिलता। आई मिस यू मोम डेड, आई मिस यू" सोचते हुए प्रिया के आंख छलकने लगते हैं।

पर खुद को सम्हालते हुई प्रिया मुस्कुराते हुए कहती है "आज अपनी किस्मत से रीलेटेड कुछ खट्टी मिट्ठी बातें आप लोगों को बताना चाहती हूं" ।

"मैं बहुत ज्यादा महनती तो नहीं प्रियांक जी पर ....हां एक बात मैं जरूर कहना चाहूंगी कि भगवान को मैं इस बात के लिए शुक्रिया अदा करती हूं कि भगवान ने मेरी तकदिर सोने की कलम से लिखी है। मुझे..............आज भी वो दिन याद है" कहती हुई प्रिया खो जाती है।

दस साल पहले :

"आज उन्नतीस सेपटेम्बर को मेरा तलाक हो गया। अब मैं अपनी जिंन्दगी को अपने तरीके से जी सकूंगी। "काश काश" प्रियांक जी यह शादी कभी नहीं

हुई होती ''खैर'' अब मैं अपनी पीछली जिन्दगी की कडवाहट को भूल जाऊंगी ''पर क्या आसान है'' ? खैर अब जो कुछ भी हुआ वो मेरी किसमत से हुआ, शायद इसमें भी भगवान ने मेरे लिए कुछ अच्छा सोच रखा होगा।"

यह सारी बातें प्रिया सोच ही रही थी कि इतने में करण उसे टोक देता है।

''क्या प्रिया जी कहा खो गई'' करण ने पूछा।

दस साल पहले प्रियांक की जिन्दगी एक नयी करवट लेती है, आज उन्नतीस सेपटेम्बर है आज प्रियांक की शादी रींकी के साथ हो गई।

''काश काश'' ''प्रिया जी यह शादी आप से हुई होती तो कितना अच्छा होता ''खैर'' जो तकदिर को मंजूर था वो हो गया '' प्रियांक ने शादी के मंडप से उठते हुए सोचा।

आखिर भगवान प्रिया और प्रियांक को कैसे दिन दिखा रहा है। आज प्रिया का तलाक हुआ और आज ही प्रिया के प्यार की शादी और वो भी प्रिया से नहीं बल्कि किसी और से। हे भगवान प्रिया, प्रियांक की और कितनी परीक्षा लेगा ? क्या इतनी परीक्षा देने के बाद भी प्रिया अपने प्यार को पा सकेगी ? कहीं ऐसा तो नहीं कि भगवान ने इसमें भी प्रिया के लिए कुछ अलग सोच रखा है ? कहते हैं जो होता है अच्छे के लिय ''तो क्या विश्वास से भरी प्रिया'' अपनी किसमत से अपने प्यार को पाने में कामयाब हो पाएगी ?

इतने में प्रिया "ह.................हा बताती हूं"।

"आज से दस साल पहले जब मैं अपनी जिंन्दगी में दोबारा आगे बढ़ने का फेलसा की थी, यह बात मेरे मन में आने के साथ ही अचानक मेरे मोबाईल की रींग बजी" प्रिया ने कहा।

"हेलो" प्रिया ने कहा।

''क्या यह प्रिया त्रिपाठी जी का नं० है" फोन के अंदर से आवाज आई।

''हां मैं प्रिया त्रिपाठी बोल रही हूं कहीये" प्रिया ने कहा।

“प्रिया जी मैं सनराईज़ कॉन्वेन्ट स्कूल का डिरेक्टर मनोज नारायण चंडीगढ़ से बोल रहा हूं”मनोज नारायण ने कहा।

‘‘जी सर गुड़ मोनिंग बोलिए” प्रिया चहकती हुई बोली।

‘‘गुड मोनिंग, गुड मोनिंग” मनोज नारायण ने कहा।

“कैसे हैं सर ?” प्रिया ने फिर से चहकते हुए पूछा।

‘‘बढ़ीया’’ ‘‘बढ़ीया’’ मनोज नारायण ने खुश होकर जवाब दिया।

“और प्रिया आप कैसे हो ?” मनोज नारायण ने खुश होकर पूछा।

“जी सर एकदम बढ़ीया” प्रिया ने खुश होते हुए जवाब दिया।

“वैसे..............प्रिया जी क्या आप दोबारा से हमारा स्कूल जोयन करना पसंद करेंगी ?” मनोज नारायण ने पूछा।

‘‘ऑफकोर्स सर जरूर’’ प्रिया ने फिर से चहकते हुए जवाब दिया।

“तो आ जाइये प्रिया जी, वैसे भी आपने पहले भी इस स्कूल में काम किया हुआ है। तो मुझे नहीं लगता कि आपको कोई दिक्कत होगी” मनोज नारायण ने कहा।

‘‘जी सर, मुझे कोई दिक्कत नहीं होगी। आई एम कमिंग” प्रिया ने खुश होते हुए कहा।

प्रिया तलाक के बाद अपना ससुराल छोड़ आज ट्रेन में बैठ चंडीगढ़ सन राइज़ कॉन्वेन्ट स्कूल के लिए निकल गई।

थोड़ी देर बाद प्रियांक और रिंकी की ग्रैंड रिशेपशन पार्टी शुरू होती है, जिसमें रींकी का बेस्ट फ्रेंड रूहान भी मौजूद होता है।

“दिस इज़ फौर यू रींकी” रूहान ने डायमंड सेट के बोक्स को रींकी के हाथों में देते हुए कहा।

"ओह वाट अ ब्यूटीफूल गीफ्ट रूहान" रींकी ने गीफ्ट को देखते हुए कहा।

"थैंक्यू रूहान, वेसे क्या मैं पूछ सकती हूं कि तुम इतने दिन कहां थे" रींकी ने पूछा।

"यस ऑफ कोर्स स्वीटहार्ट। इतने दिन मैं बैंककोक में था मैं, यूं नो लंडन, फ्रांस, जर्मनी के साथ-साथ अब बैंककोक में भी मेर पापा ने डायमंड फैक्ट्री खोल दी है। तो मुझे कहने लगे, यू नो बेटा अब तू बड़ा हो गया है बिजनेस की बागडोर संभाल वगरह वगरह.." रूहान ने कहा।

हां हां हां करते हुए रींकी रूहान हसने लगे।

"बट यू नो स्वीट हार्ट, मेरे पापा के पास इतने पैसे है कि अगर मेरी अगली तीन पीढ़ी भी बैठ कर खाए तब भी खत्म नहीं होंगे"।

"क्या बिजनेस यार ! बिजनेस संभालना इट्स टू बोरींग" रूहान ने कहा।

''तुम बहुत नॉटी हो रूहान" रींकी ने उसके गालों में चुटकी रखते हुए कहा।

प्रियांक दूर खड़ा रींकी और रूहान की सारी एकटीवीटि को नोटिस कर रहा था, और सब कुछ देख उसे बहुत बुरा लग रहा था, पर पॉटी में उसने चुप चाप रहना ही बेहतर समझा। अंदर ही अंदर उसका मन उसे कचोटता जा रहा था। होठों पे मुसकान लिय दिल उसका रोये जा रहा था। यह सब देख वह सह नहीं पाया और रींकी के पास चला गया।

"क्या रींकी इतने सालों बाद अपने दोस्त को देख बहुत खुश हो रही हो" प्रियांक ने कहा।

"हां वो तो होगा ना आखीर हम दोनों बचपन के साथी जो हैं। साथ इंगलैंड के स्कूल में पढ़े, साथ कॉलेज में और सबसे बड़ी बात रूहान इतना पढ़ा लिखा, डैशिंग, हैंडसम लड़का जो है" रींकी ने कहा।

उसकी इस बात पे प्रियांक और भी गुस्सा होने लगा।

उसे लगने लगा शायद मुझमें वो बात नहीं जो रूहान में है इसलिय रींकी मुझ पर नहीं उस पर आकर्षित है।

"शायद रींकी मुझे अपने लायक ही नहीं समझती है! तो फिर रींकी मुझसे शादी क्यों की ? उसने मेरे साथ सात फेरो में बंध कर अपनी ज़िन्दगी से समझौता क्यों किया ? वह क्यों मुझसे शादी करने के लिय राजी हुई ? क्या रींकी मुझसे शादी कर के मुझ पर एहसान की है ? क्यों रींकी तुमने ऐसा क्यों किया" प्रियांक ने रींकी के चेहरे की ओर देखते हुए सोचा।

थोड़ी देर बाद पार्टी खत्म हुई और सभी लोग जाने लगे। रूहान भी रींकी और प्रियांक को हैपी मेरेड लाइफ कहके घर जाने लगा। "जब तक तुम यहां रहोगे तबतक मेरी मेरेड लाइफ हैपी कैसे हो सकती है" प्रियांक ने सोचा।

"बाय स्वीट हार्ट" कहके रूहान वहां से अपनी गाड़ी में बैठकर चला गया।

इधर प्रियांक और रींकी अपने कमरे में गये। रींकी प्रियांक के कंधो पे हाथ रख उसे बिस्तर में बिठाई और उसे किस करने की कोशिश की पर प्रियांक ने उसके हाथों को अपने कंधे से हटाते हुए कहा मूड नहीं है रींकी।

इधर प्रिया अगली सुबह

''हेलो सर'' ''गुड मोर्नींग'' प्रिया चहकते हुए मनोज नारायण के केबिन को खोलती हुई कहती है।

''हेलो हेलो'' ''वेरी गुड मोनिंग टू यू प्रिया'' ''कम कम कम''

मनोज नारायण ने बहुत खुशी से पूछा।

इतने में स्कूल के प्रिसींपल राहुल तिवारी वहां आ जाते हैं।

''हाय प्रिया जी, वेलकम'' राहुल ने कहा।

"थैंक्यू सर" प्रिया ने कहा।

''हाव आर यू प्रिया जी" राहुल ने पूछा।

''गुड सर" प्रिया ने कहा।

''वाट अबाउट यू सर ?" प्रिया ने पूछा।

''एक्सीलेन्ट'' राहुल ने कहा।

''यू हेव अ सीट प्रियाजी'' राहुल तिवारी ने कहा।

''थैंक्स" प्रिया ने कहा।

और फिर प्रिंसीपल राहुल अपने केबिन में जा कर अपने कामों में बीजी हो जाते हैं।

''वो ऐसी बात है प्रिया, अपने स्कूल के गर्ल्स हॉस्टल की हॉस्टल वार्डन ''राधा'' अगले महिने शादी कर कोलकाता अपने ससुराल जा रही है तो.......... मैंने सोचा कि क्यों ना हॉस्टल वार्डन की पोस्ट आप को दे दी जाये, और वैसे भी आप पहले भी इस स्कूल में टीचींग का जॉब कर चुके हो तो आप को यहां के रूल रेगुलेशंस के बारे अच्छे से पता है। इसलिये मैं आप ही से रिक्वेस्ट करता हूं कि आप हॉस्टल वार्डन की ज़िम्मेदारी को निभाए'' मनोज नारायण ने रीक्वेस्ट करते हुए कहा।

"हां पिछली बार आप ने पैसे नहीं लिये थे पर इस बार आपको पैसे लेने पड़ेंगे" मनोज नारायण ने अपने फर्ज को याद करते हुए कहा।

"पर सर मैं तो पहले सिर्फ बच्चों को टीच किया करती थी" प्रिया ने कहा।

"ह................म पता है, पर आप टीच करने के साथ साथ बच्चों का ख्याल भी बहुत ज्यादा रखती थी। इन सब बातों को मैं नोटीस करता था प्रिया, इसलिये हॉस्टल वार्डन की जिंम्मेदारी आप को देता हूं" मनोज नारायण ने कहा।

''ऐनी प्रोब्लेम् प्रिया'' मनोज नारायण ने पूछा।

''नो सर, आई वील डू माय वर्क विथ आनेस्टी एण्ड रेस्पॉन्सिबिलिटीज़ एण्ड आई विल ट्राय नोट टू क्रिएट एनी मिस्टेक एन्ड डू माय वक वीथ परफेक्शन एज मच एज़ पॉसिबल" प्रिया ने आत्म विश्वास को दर्शाते हुए कहा।

रींग रींग

ऑफिस के पियून को मनोज नारायण बुलाते हैं।

“और हां प्रिया आपके रूम चारजेस, बिजली, पानी, कैटीन में खाना सब फ्री है, और आपकी तनख्वा बीस हजार रूपये महिने होंग।” मनोज नारायण ने कहा।

ऑफिस का पीयून आता है

“राधा मैम तो रीज़ाइन करके जा चुकी है, हॉस्टल वार्डन वाली रूम प्रिया मेम को दिखा दो” मनोज नारायण ने पियून से कहा।

“ओके सर, थैंक्यू” कह के प्रिया वहां से चली गई।

“प्रिया के पास उस वक्त सिर्फ पांच सौ रूपये थे और किस्मत से आज बीस हजार की नौकरी मिल रही है तो वह फॉरन हां कह देती है।” प्रिया ने प्रियांक, करण और बिट्टू की चेहरे की ओर देखते हुए कहा।

अब धीरे धीरे प्रिया हॉस्टल वार्डन के काम को सँभालते हुए एबसेंन्ट टीचर्स की भी क्लास ले लिया करती थी, जिस वजह से टीचर्स प्रिया से बहुत अपनापन रखते थे। और अब प्रिया भी अपनी पिछली जिंन्दगी में सास, ननद के अत्याचार के कष्ट को भूलकर अपनी जिंन्दगी में आगे बढ़ती जा रही थी।

<u>अगला दिन-</u>

रींकी के मोबाईल की घंटी बजी वो फोन रूहान का था।

“हाय रूहान, गुड मोनिंग कैसे हो” रिंकी ने कहा।

“जानू मैं तुम्हारे बगैर कैसा होऊंगा” रूहान ने कहा।

“वाय द वेय वेयर इज योर हसबैंड” रूहान ने पूछा।

“वो अभी सो रहे हैं” रिंकी ने कहा।

"सच यार कल इतने दिन बाद तुमसे मिलकर, तुमसे बातें करके मुझे बहुत अच्छा लगा। मानों जैसे कल की ही बात हो जब हमलोग बच्चे हुआ करते थे।" रूहान ने कहा।

हां सच कह रहे हो पुरानी यादें ताजा हो गई।

इधर रींकी ही यह सब हरकतें देख प्रियांक का दिल टूटता जा रहा था।

पांच साल बाद :

"प्रियांक जी इतना सब कुछ फ्री होने के बाद भी मुझे इस मंगाई के जमाने में बीस हजार रूपये कुछ कम लगने लगे थे" प्रिया ने कहा।

"तब आपने क्या किया प्रिया जी ?" प्रियांक ने पूछा।

प्रिया को तनख्वा कम लगने पर भी आत्म स्वाभिमानी प्रिया और टीचर्स के तरह अपने स्कूल के डायरेक्टर मनोज नारायण से तनख्वा बड़ाने के लिए नहीं कह पाती है।

"एक दिन अचानक मेरे स्कूल के डायरेक्टर मनोज सर ने मुझे अपने ऑफिस में बुलाया" प्रिया ने प्रियांक से कहा।

और कहने लगे कि

"प्रिया मेरे स्कूल का एक ब्रान्च शिमला में भी है यह तो आप जानती ही होंगी ?" मनोज नारायण ने कहा।

''जी सर, 'मैं जानती हूं'' प्रिया ने कहा।

''तो प्रिया आज मैं आपको एक बात कहना चाहता हूं" मनोज नारायण ने कहा।

''जी सर कहिये" प्रिया ने कहा।

‘‘मैं आप को इस स्कूल से निकालना चाहता हूं” मनोज नारायण ने मजाक करते हुए कहा।

प्रियांक जी सर के मुंह से यह बात सुनते ही मैं एकदम घबरा गई” प्रिया ने कहा।

‘‘मेरा दम फूलने लगा, मेरे हाथ कांपने लगे, क्या करूं, क्या कहूं कुछ समझ नहीं आ रहा था प्रिया ने एक्शन के साथ कहा।

‘‘इतने में सर मेरी शक्ल देखकर हंसने लगे” प्रिया ने फिर से कहा।

एण्ड देन-

“अरे प्रिया मैं आप को इस स्कूल के हॉस्टल वार्डन की जिम्मेदारी से मुक्त कर“शिमला सिनीयर क्लास की गर्ल्स हॉस्टल की वार्डन की जिम्मेदारी देता हूं। जहां आपकी तनख्वा यहां से कहीं ज्यादा होगी, और साथ ही साथ यहां के जैसी फैसिलिटीज़ भी मिलेंगी” मनोज नारायण ने कहा।

“प्रियांक जी मेरी रूकी हुई धड़कन फिर से शुरू हो गई।” प्रिया ने कहा।

“पर सर यहां की जिम्मेदारी” प्रिया ने पूछा।

“एक नई वार्डन रख रहा हूं। आप चींता मत किजीए। आप शिमला जाने की तैयारी किजीए” मनोज नारायण ने कहा।

“मुझे........................मुझे शिमला के स्कूल जाने की खुशी भी थी, पर वहां के बच्चों को छोड़ के जाने का गम भी। “‘‘प्रिया प्रियांक, करण और बिट्टू से कहती है।

और अब प्रिया सभी बच्चों को प्यार कर अपने दिल को समझाते हुए चंडीगढ़ से शिमला की ओर निकल गई।

स्कूल के डायरेक्टर होने के वजह से यह स्कूल भी मनोज नारायण की ही थी, पर यहां के प्रिंसिपल विनोद सचदेव थोडे सडू, अक्डू और खडूस टाइप के इंसान थे।

वैसे तो यहां सब कुछ पहले से भी बेहतर था पर सीनियर लडकियों के गर्ल्स हॉस्टल होने के वजह से प्रिया को किशोर अवस्था की लड़कियों को सम्हालना काफ़ी मुशकिल लग रहा था। उपर से विनोद सचदेव के खडूस पने की वजह से वह और भी ज़्यादा परेशान रहा करती थी।

प्रिया यहां भी हॉस्टल वॉडन के पोस्ट को सँभालते हुए बच्चीयों के एबसेंट टीचर्स की क्लास ले लिया करती थी और इस वजह से स्कूल के अन्य टीचर्स यहां भी प्रिया से काफी खुश रहा करते थे।

इधर रूहान के रिंकी के जीवन से चले जाने की वजह से प्रियांक और रिंकी का विवाहित जीवन धीरे-धीरे सम्भलता जा रहा था। प्रियांक और रिंकी अब फिर से एक दूसरे के करीब आते जा रहे थे। पर वह इन्टेन्ट नहीं हो पाए थे। प्रियांक रिंकी को लंडन घूमाने ले गया। वहां पर दोनों खूब घूमे, मस्ती की, सैर किये और फिर अचानक प्रियांक को फोन आया कि उसे काम के वजह से जर्मनी जानी है तो उसने सोचा कि वह रिंकी को कहां छोड़ेगा।

"तो क्यों न मैं रिंकी को अपने साथ ही ले चलूं" प्रियांक ने सोचा।

वह दोनों साथ में जर्मनी चले गए। प्रियांक ने जर्मनी में एक टू बी एच के का फ्लेट लिया क्योंकि उसे काम की वजह से दो महीने जर्मनी में ही रहना था। प्रियांक अपने काम में व्यस्त होता गया और इधर रिंकी की मुलाकात फिर से रूहान के साथ जर्मनी में हो गई।

एक दिन रूहान रिंकी को पूरे जर्मनी की सैर कराने ले गया । संजोग से उस दिन प्रियांक का काम जल्दी खतम हो जाने के वजह से वह जल्दी घर चला आया।

घर पर रींकी को न देख वह घबरा गया। घर के नौकर से प्रियांक को पता चला कि वह रूहान के साथ घूमने गई है। इतने दिनों में जो उसने रींकी के लिय अपने दिल में विश्वास पनपया था वह फिर से डामा डोल होना शुरू हो गया था।

करीब रात के दो बज चुके थे पर रींकी अभी तक घर वापस नहीं लौटी थी। प्रियांक को रींकी की चिंता भी हो रही थी और जलन भी। फिर भी वह बाहर बालकनी में बैठ रींकी का इंतजार कर रहा था।

थोड़ी देर बाद रींकी रूहान की गाड़ी में बैठ अपने घर वापस लौट आई। रूहान ने रींकी को ज़ोर से हग करते हुए उसके फौरहेड को चुम उसे बाए किया। दूर बालकनी पर खड़ा प्रियांक यह सब देख रहा था। वह मन ही मन कलप रहा था मन ही मन रो रहा था।

उस दिन से फिर से प्रियांक और रींकी में दूरियां बढ़ती गई और एक दिन।

प्रियांक तुम खुद को समझते क्या हो? क्या मुझसे शादी करके तुमने मुझको खरीद लिया है" रींकी ने कहा।

"नहीं बिलकुल नही, पर मेरी पत्नी इस तरीके से एक अनजान शहर में वह भी इतनी रात गए अपने दोस्तों के साथ घूमती रहे यह मुझे बिलकुल पसंद नहीं" प्रियांक ने रींकी से कहा।

"तो क्या करूं घर में बैठ के खाना पकाती रहूं" रींकी ने कहा।

"अगर तुम्हें घर में बिठा के खाना पकाने वाली बीबी चाहिए थी तो किसी मिडिल क्लास फेमिली की लड़की से शादी क्यों नहीं कर लिये। जो तुम्हारे लिये खाना पकाती, तुम्हारे कपड़े धोती और दरवाजे पर सिर लगाके तुम्हारा इंतजार करती । तुम्हें मुझ जैसी इंडस्ट्रियलिस्ट की बेटी से शादी करने की क्या जरूरत थी ?" रींकी ने प्रियांक से कहा।

"क्या इंडस्ट्रियलिस्ट की बेटी होने का यह मतलब है कि आधी आधी रात तक दोस्तों के साथ घूमती फिरो" प्रियांक ने रींकी से कहा।

"थोड़ा सा घुम फिर क्या लिया तुम तो मुझ पर आरोप ही लगाने लगे। तुम्हारी इसी बातों से पता चलता है कि आज तुम्हारे पास कितनी ही लगज़री क्यों न हो तुम कितने ही हाई प्रोफाइल परसन क्यों न बन जाओ तुम्हारी सोच आज भी एक मीडिल क्लास फेमिली के लड़कों जैसी ही हैं" रींकी ने प्रियांक से कहा।

"हां हां मैं मिडील क्लास फेमेलि से ही हूं तो क्या" चिल्लाते हुए प्रियांक ने कहा।

"तुम्हें यह मुझसे शादी करने से पहले सोचना चाहिए थी ना ,कि मैं एक मिडील क्लास फेमेली से हूं तो मेरी सोच भी मिडील क्लास फेमिली जैसी ही होगी" प्रियांक ने गुस्से से चिल्लाते हुए कहा।

"आब तो तुम मिडील क्लास फेमिली से नहीं हो ना तो आब तुम नैरो माइंडेड क्यों हो" रींकी ने कहा।

"अपने देश की परम्परा, संस्कार, सभ्यता को लेकर अगर मैं चल रहा हूं तो मैं नैरो मांइडेड हूं" प्रियांक ने रींकी से कहा।

"ओह माई गोड, कहां फस गई मैं"रींकी ने अपने हाथों से अपने बाल को मुठ्ठी से सामने की ओर टांगते हुए कहा।

रींकी के बचपन का दोस्त अपनी कामयाबी के वजह से काफी सुखी और खुश रहने लगा था। और अब इसी तरह झगड़े होते होते प्रियांक और रीकी में तलाक हो गया।

''एक दिन की बात बताती हूं'' प्रिया ने कहा।

हमारे शिमला के सनराईज कॉन्वेंट स्कूल के बाउंड्री वाल के उस पार खुले बगीचे में बहुत सारे आम के पेड़ लगे थे।

एक दिन प्रिया अपने स्कूल की बाउंड्री के पीछे वाले केबिन से रजिस्टर लाने गई। प्रिया रजिस्टर लेकर आ ही रही थी कि उसके सर पर किसी ने छोटी सी गिट्टी मारी। प्रिया चौंक कर इधर उधर देखने लगी कि उसकी नजर एक कागज से लिपटी हुई गिट्टी पर पड़ी, प्रिया ने गिट्टी फेक कागज पढ़ा तो देखा लव लेटर।

प्रिया ने कहा "ओह माय गॉड"।

"फिर प्रिया उसी जगह पे फेकी हुई दुसरी चींट पाई वो भी लव लेटर। फिर किसी तीसरे के लेटर पर नज़र पड़ी" प्रिया ने हसते हुए कहा।

प्रिया ने सोचा अब वह क्या करे ?

इस उम्र में बच्चों को कण्ट्रोल करना भी बहुत मुशकिल होता है।

अगर प्रिया खडूस प्रिंसिपल को जाकर कहती है तो वह अपना सडू सा दिमाग लगा कर बच्चों को स्कूल से निकाल देंगे। अगर पेरेट्स को कहती तो जिनके पेरेंट्स समझदार है वह तो प्यार से अपने बच्चों को समझा लेंगे पर जो खुले विचार के नहीं हैं वह पढ़ाई बंद करा कर घर पर बिठा देंगे जिससे कि बच्चों के दिमाग में भी असर पड़ेंगे और हो सकता है इन सब कारणों की वजह से स्कूल की भी बदनामी हो। तो फिर प्रिया ने सोचा कि ऐसा क्या किया जाये जिस्से की बच्चे भी कण्ट्रोल में रहे, प्रिसिंपल और पेरेंट्स को भी कोई बात पता न चले और न ही स्कूल की बदनामी हो। प्रिया ने सिचुएशन को कण्ट्रोल में रखने की बात को सोचा।

पर ऐसा क्या करूं जिससे कि एक साथ सारी बातें कण्ट्रोल में रहे। हां, वैसे एक बात बहुत अच्छी है कि स्कूल में मोबाइल फेसिलिटी स्अूडेंट्स को नहीं दी गई है। और फिर -

डियर ब्रिजेश,

कैसे हो ? तुम्हारा लेटर मुझे मिला बट अभी नहीं मिल सकती बाबू, अगले महिने एगसाम्स है। उसी की तैयारी में लगी हुई हूं, प्लीज शोना समझो ना।

वेसे तुम्ने आगे की क्या प्लानिंग की है, मेरे पापा मेरे लिए डॉ लड़का पसंद करेंगे तो प्लिज स्वीटहार्ट अगर तुम मुझसे सच्चा प्यार करते हो तो मुझे पाने के लिए तुम मन लगाकर पढ़ो और जब डॉ बन जाओगे तो मेरे पापा से मेरा हाथ मांगने आना। आई लव यू न स्वीटू पर अगली मुलाकात मेरे घर पर तुम्हारे डॉ बनने के बाद।

तुम्हारे इंतजार में

अर्पणा

और इस तरीके से प्रिया रात रात भर जाग जाग कर सभी के लव लेटर्स के जवाब को टाइप कर बाउंड्री के उस पार फेंक दिया करती थी।

कुछ दिनों के बाद प्रिया का यह आइडिया रंग लाने लगा और सभी लड़के अपनी अपनी गर्ल फ्रेंड को पाने के उम्मीद में पढ़ाई में जुटते गये। और लव लेटर आने बंद होते गये।

पर एक दिन विनोद सचदेव प्रिया को ऐसा करते देख डायरेक्टर मनोज नारायण से शिकायत कर देते है और तब प्रिया डायरेक्टर साहब को सारी बातें बताती है, और वजह के साथ परिणाम भी दिखाती है। इस बात पे डायरेक्टर साहब प्रिया पर नाज करते हैं और विनोद सचदेव को समझदारी से काम लेने को समझाते हैं।

''एक दिन की बात बताती हूं प्रियांक जी" प्रिया ने कहा।''ये कपड़े कितने सुन्दर लग रहे हैं'' अनु ने कहा।

विनोद बहुत खुश हो गया। ''वाह क्या बात है, शादी के बीस साल बाद मेरी पत्नी अनु ने मेरे कपड़ों की तारिफ की है विनोद ने कहा।

"ह...............म...............तुम्हे इतने अच्छे लगे" विनोद ने फिर से कहा।

''हा'' अनु ने कहा।

"और मैं भी ?" विनोद ने पूछा।

''वाट ?'' चेहरे को बनाते हुए अनु ने कहा।

''तुम्हारे नहीं मेरे" अनु ने फिर से कहा।

विनोद का हुआ पचका।

यह बात सून प्रियांक बहुत हसने लगा।प्रिया हसते हसते कहती है "एक दिन की और बात बताती हूं प्रियांक जी" ।

विनोद सर किसी काम के वजह से देर रात से घर पहुंचे।

टींग टींग विनोद के घर की बेल बजी।

''अनु प्लिज दरवाजा खोलो" विनोद ने कहा।

काफी देर तक अनु ने कोई जवाब नहीं दिया और फिर "आज रात भर तुम घर से बाहर ही रहोगे" अनु ने गुस्से को जाहिर करते हुए कहा।

पत्नी के प्रति प्यार जताते हुए "प्लिज स्वीट हर्ट दरवाजा खोलो ना" विनोद ने कहा।

''नहीं खुलेगी'' मतलब ''नहीं खुलेगी'' अनु ने कहा।

अब बेचारा विनोद करे तो क्या करें उसे कुछ सुझ नहीं रहा था। थोड़ी देर बाद

मच्छरों से परेशान करने के वजह से प्लिज स्वीटु दरवाजा खोलो............ .''मच्छरों ने मेरा सोना हराम कर रखा है, प्लिज स्वीट हर्ट कल से ऐसी गलती कभी नहीं होगी................."विनोद ने प्यार को जताते हुए कहा।

अंदर से आवाज आती है ''नहीं मतलब नहीं''।

फिर सोचा और कहा।

"अच्छा कल से घरे के सारे काम करने के साथ साथ सिर्फ और सिर्फ तुम्हारे पसंद का नास्ता बनाऊंगा स्वीटू अब तो दरवाजा खोल दो" विनोद ने फिर से प्यार जताते हुए कहा।

फिर अंदर से आवाज आती है "नहीं मतलब नहीं"।

फिर विनोद ने कुछ सोचा और कहा।

"अच्छा कल मैं तुम्हे सोने का ईयर रींग खरीद दूंगा । अब तो दरवाजा खोल दो जान". ''विनोद ने फिर से प्यार जताते हुए कहा।

''नहीं'' ''नहीं'' ''नहीं''''अन्दर से अनु ने बोला।

"सारा दिन काम करो घर के सारे काम निपटा कर स्कूल में काम करो, स्कूल से घर आकर फिर से घर के सारे काम करो और उपर से इन औरतों के नखरे झेलो, पाव दबाव, सर दबाव काश किसी दिन गला दबाने को मिल जाए। एक रात काम के वजह से देर क्या हो गई इसका गुस्सा तो देखो ह मू..........

......"विनोद मच्छरों के काटने के वजह से खुजली करते हुए मन ही मन कहता है।

बेचारा अब क्या करता थक हार कर मच्छरों से कटवाते हुए रात बराम्दे में ही बिता देता है।

''ओह माय गोड, मजा आ गया प्रिया जी''प्रियांक ने हस्ते हुए कहा।

प्रिया और प्रियांक को करीब आता देख करण और बिट्टू बहाना कर वहां से चला जाता है।

<u>अगली सुबह -</u>

गुस्से से लाल आग बबुला विनोद, अपना पैजामें के नाड़े को खोलकर उसे दाहिने हाथ से गोल घुमाते हुए कहता है ''अनु आज मैं तुझे नहीं छोडूंगा, आज मेरे अंदर का असली मर्द जाग गया है, आज मैं तुझे नहीं छोडूंगा"।

''पहले नीचे तो देख लो'' ''मुझे बाद में पकड़ना''अनु ने कहा।

विनोद नीचे देखता है तो.............''पैजामा नीचे सिर्फ बरमुडा''।

अपने घुटने को थोड़ा सा मोड़ कर दोनों कंधों को फेलाते हुए अपने दोनों हाथों को त्रिकोण बनाकर घुटनों पे रखते हुए कहता है ''आज हो जाय मुकाबला'' ''आज मैं तुझे नहीं छोडूंगा''।

अब अपने दोनों हाथों से अपने दोनों कंधो को क्रोस कर दोनों हाथों से थपथपाते हुए कहता है ''आज तू मेरे गुस्से को देखेगी, आज तू मेरा असली रूप देखेगी। चल आ जा मैदान में आज हो जाये दो दो हाथ'' विनोद ने अपने गुस्से को जाहिर करते हुए कहा।

"पहले दरवाजा तो खोल कर दिखाओ कुश्ती बाद में लड़ लेना" अंदर से अनु ने कहा।

शादी से पहले मैं सोचता था कि ''मैं ही सबसे बड़ा गुन्डा हूं पर शादी के बाद पता चला कि गुण्डी के होते हुए गुण्डा कैसे हो सकता है ?'' विनोद मन ही मन कहता है।

देख आज मैं क्या करता हूं आज मैं तुझे ह..................ले, ह....................ले, ह.............ले कहते हुए गुस्से से छोडूंगा नहीं।

बाहर बराम्दे के सारे पौधों के गमले को एक एक कर तोड़ देता है।

“यह पौधे कमबक्त मेरे दुश्मन है, पति सूख जाए, मुरझा जाए इन पत्नियों को कोई चिंता नहीं,...........पौधे नहीं सूखने मुरझाने चाहिए” विनोद गुस्से से।

“ये लो, ये लो “कहता गया और गमलों को तोड़ता गया।

“हॉ, हॉ, हॉ, हॉ” प्रिया, प्रियांक दोनों हसने लगे।

“ओ माए गोड बेचारा विनोद घर में बीबी के अत्याचार से परेशान, बराम्दे में मच्छरों से, इन दोनों से नहीं जीत सका तो निर्दोष गमलों को ही तोड़ डाला” ‘‘प्रियांक ने ठहाका मार कर हसते हुए कहा।

“तो ऐसी थी हमारे शेरे बब्बर बिनोद सर की जिंदगी” हस्ते हस्ते प्रिया ने कहा।

एक बात और बताती हूं..

विनोद और अनु दोनों पति पत्नि रात में सो रहे थे कि अचानक-

ख................र, ख.................र

स्कुटर के जैसे कुछ चलने के आवाज अनु की नींद टूट गई। उसने बिस्तर पर बैठकर ध्यान से सुन्ने की कोशिश की तो कोई आवाज नहीं हो रही थी। वह सपना समझकर सो गई।

थोड़ी देर बाद -

ख................ट, ख....................ट, ख.....................ट कर ट्रेक्टर की आवाज सुनाई देने लगी। अनु ने बंद आंखों के पलक को हल्के हल्के हिलाते हुए सोचा

कि "अब इतने रात में ट्रेक्टर कौन चला रहा है, और वह भी उसके आस पास। वह समझ गई यह आवाजें हो ना हो बिनोद की खर्रटों की आवाज़ है"।

''कभी नींद में स्कुटर चलाते हैं तो कभी ट्रेक्टर, कहां फस गई मैं" अनु ने कहा।

''इसकी तो'' ''ये लो'' कहती हुई उसे लात मार ज़मीन में गीरा देती है।

जब सुबह हुई बिनोद ने सोचा ''मैं रात बेड पे सोया था'' ''सुबह जमीन से कैसे उठा''

थोड़ी देर बाद पता चला कि उसके घर के बगल के खेत में खेत की सिंचाई जल्दी खत्म करनी थी और मजदूर कम और काम ज़्यादा होने के वजह से मालिक ने रात में भी मेनेजर का कह ट्रेक्टर से सिंचाई करवाने को कहा था।

तो वो प्रियांक जी मेनेजर की स्कुटर की आवाज थी जो वो सिंचाई करते वक्त चला कर देख रहे थे और ट्रेक्टर की वह आवाज थी जिससे सिंचाई की जा रही थी।

ओह माय गोड जिसमें उनकी जरा सी भी कोई गल्ती नहीं थी, उसकी भी सजा पा लिया उन्होंने । ''प्रियांक ने ठहाका मार कर हसते हुए कहा।

''बेचारे बिनोद सर'' बीबी के गुस्से की भड़ास स्कुल में निकाला करते थे'' प्रिया ने हस्ते हुए कहा।

इसी तरह हस्ते हसाते वह वक्त बीत रहा था।

एक दिन अचानक प्रिया के शिमला चले जाने के बाद प्रिया को देसाई,जो कि प्रिया के उदयपूर वाले घर के पड़ोसी थी और एक बहुत ही अच्छे इंसान, का फोन आया कि प्रिया के पिताजी अनुराग त्रिपाठी जो अपने भाई से सम्पति को लेकर झगड़े हो जाने के बाद अपनी चंडीगढ़ की जमीन बेच कर प्रोविडेंट फंड के पैसे मिलाकर उदयपूर में घर खरीदे थे उस पर किसी ने कब्जा करने की प्लानिंग बना ली है।

यह बात प्रिया को पता चलते ही वह उदयपूर अपने घर पहुंच गई। जब प्रिया अपने घर पहुंचकर कब्जे की प्लानिंग करने वाले का नाम सुनी तो आश्चर्य हो गई ''क्योंकि वह और कोई नहीं प्रिया के खुद के चाचा ही थे। पर प्रिया के सही वक्त पर उदयपूर पहुंच जाने के वजह से उसके चाचा उसके घर पर कब्जा नहीं कर पाए और इस वजह से नाराज़ हो कर वहां से चले गए और फिर;

और अब मेरे पापा की दी हुई मेरे पास घर तो थे पर आमदनी का कोई ज़रिया नहीं ''प्रिया ने कहा।

फिर.......मैंने सोचा................क्या करूं

कि अचानक मेरे देसाई अंकल जिनकी उदयपुर में सबसे बड़ी इलेक्ट्रोनिक्स की शौप थी ''उन्होंने मुझसे कहा '' ''प्रिया ने कहा।

प्रिया बेटा तुम तो जानती ही हो मेरा बेटा अमेरिका में जोब करता है वो वही की लड़की से शादी भी कर चुका है। मुझे और तुम्हारी आंटी को वहीं रहने को बुला रहा है। पर बेटा मैं जब तक यहां के शौप, घर, गाड़ी सब समेट के पैसे न ले लूं तब तक जाऊंगा कैसे ?" देसाई ने कहा।

"क्यूं अंकल अमेरिका से यहां कभी भी नहीं आओगे ?" प्रिया ने पूछा।

''शायद नहीं बेटा अब इन बुढ़ी हड्डियों में इतनी जान कहा" देसाई ने कहा।

फिर देसाई ने कुछ सोचा और कहा "बेटा क्या तुम मेरी इलेक्ट्रानिक्स की शौप खरीद सकती हो ?"

''प्रियांक जी मैं बहुत घबरा गई, मुझे कुछ समझ नहीं आया। मैं शौप कैसे खरीद सकती थी" प्रिया ने अपनी घबराहट को जाहिर करते हुए कहा।

"हां इतने दिनों से जमा किए हुए मेरे पास कुछ पैसे तो थे, पर इतना नहीं जिस्से की उनकी शौप खरीदी जा सके"प्रिया ने फिर से कहा।

एण्ड फिर मेरी तकदीर का एक करिश्मा और देखो उसी वक्त मेरे नाना जी की बहुत पुरानी जमीन बिक गई और मेरी मां के हिस्से के पैसे मुझे मिल गए और साथ ही साथ दादी जी के पुरखों के जेवर, सोने के बिस्कुट यह सब भी बंटवारे में मेरे हिस्से में आ गय" प्रिया ने कहा।

''ह............म, मान्नी पड़ेगी प्रिया जी वाकई भगवान ने आपकी किसमत सोने की कलम से लिखी है" प्रियांक ने प्रिया की किसमत पर नाज़ करते हुए कहा।

"पर फिर भी इलेक्ट्रोनिक्स की शॉप के लिए, प्रियांक जी मां के हिस्से के पैसे और मेरे जमा किये हुए पैसों में भी कुछ पैसे कम पड़ रहे थे। तो मैंने सोचा मेरे पास सात सोने के बिस्कुट है तो क्यों न मैं पांच सोने की बिस्कुट बेच दूं। पर जब ज्वेलरी से मुझे यह पता चला कि एक बिस्कुट की किमत दो लाख रूपये है तो मेरे तो होश उड़ गए। मैं तो पांच बिस्कुट बेचकर चार लाख रूपये लेने गई थी पर मेरा तो दो बिस्कुट में काम हो गया" प्रिया ने हाथ के इशारे से कहा।

"इस जगह पर भी प्रियांक जी मेरी तकदिर ने मेरा साथ दिया और मेरे पास पांच सोने के बिस्कुट बच गए" प्रिया ने अपनी तकदिर पर नाज़ करते हुए कहा ।

बस फिर क्या था"मैंने इलेक्ट्रोनिक्स की दुकान खरीद ली । अब बचे अंकल के घर और गाड़ी के पैसे तो उसके लिये मैं कब से अंकल को फोन कर उनके अमेरिका के एकाउन्ट नं० मांग रही हूं पर वह अपनी एकाउन्ट नं० देने से टाल रहे हैं।" प्रिया ने पैसे देने की अपनी तीव्र इच्छा को जाहिर करते हुए कहा ।

"कहीं ऐसा तो नहीं कि अंकल किसी मुसिबत में है" प्रियांक ने कहा।

'''क्या पता कहती हुए'' प्रिया सोचने लगती है।

प्रियांक फिलहाल प्रिया की नाजुक हालत को देखते हुए इस बात को टाल देता है।

"प्रिया जी क्या इतने दिनों तक आपने राइटिंग करनी छोड़ दी थी, क्योंकि इधर कुछ सालों से आपकी बुक्स बहुत कम आ रही थी" प्रियांक ने पूछा।

"जी प्रियांक जी, उन दिनों मुझे लिखने का बहुत कम मौके मिल रहे थे। फिर मैं बिजनेश को सँभालते हुए धीरे धीरे अपनी राइटींग प्रोफेशन में आई " प्रिया ने कहा।

''प्रिया जी, आप अपने पापा के बारे में कुछ बताइये ?" प्रियांक ने प्रिया के पापा के बारे जान्ने की इच्छा को जाहिर करते हुए पूछा।

“मुझे आज भी याद है वो दिन जब पापा ने आफिस की कुछ बातें मुझसे शेयर की थी। एक समय की बात है उनके ऑफिस में अचानक उनके बॉस ने उनसे कहा कि अगले दो घंटे मैं आफिस में जेनरल मेनेजर आ रहे हैं बगीचा कुछ बिखरा पड़ा हैं तो उन्हें कैसे सवारा जाय ? वो आकर ऐसा बगीचा देंखेंगे, तो क्या कहेंगे, उन्होंने कहा मैं कुछ सोचता हूं सर। उन्होंने सोचा “अगर गमले में पौधों को हटाकर बगीचा बनाया जाय तो पौधे खराब हो जायेंगे तो क्यों ने ऐसा किया जाय बगीचा सुंदर बनाने के लिय मिट्टी में गड्ढ़े खोदकर गमलों के सहित ही मिट्टी में पौधे लगा दी जाये इससे सुंदर बगीचा भी दो घंटों के अंदर बन जायेंगे और पौधे भी सही सलामत रहेंगे जब वो चले जायेंगे तो गमलों को निकाल के बाद में अच्छे से बगीचा बना दिया जायेगा। यह सारी बातें सोच, वो अपने बॉस को बताते है।

“उमदा विचार है “बॉस ने कहा ।

‘‘सर वक्त की भी तो बहुत कमी है सिर्फ दो घंटे’’ उन्होंने कहा।

‘‘हां सिर्फ दो घंटे के अंदर करना है’’ बॉस ने कहा।

‘‘हां हो जायेगा सर’’ उन्होंने कहा।

‘‘हां तो लग जाइये अनुराग जी’’ बॉस ने कहा।

वो कुछ कर्मचारियों को लेकर खाली बगान की ओर चल दिये।

वहां जाकर वह सब बगान को पुरे तरीके से बगीचा बनाने में भीड़ गये।”

एक एक करके वो सारे कर्मचारियों को कुल्हाड़ी दी और फिर सभी को ऑफिस के बागन की ओर ले गये, वो सबसे आगे चल रहे थे क्योंकि उन्हें सब को गाईड करना था। सारे

कर्मचारी उनके पिछे पिछे थे क्योंकि उन सब को उन्हें फोलो करना था वहां पहुंचे। सभी कर्मचारी उनके पिछे पहुंचे। बागीचे के डीजाइन के अनुसार उन्हें बिच में रास्ते रखने थे और दोनों तरफ फूलों की बौछार रख के भरे बगीचे बनाने थे, उन्हें सुंदर दृष्य देना था गमलों को। इस तरह से सेटींग करनी थी कि वह एकदम सुंदर सा असली बागीचा लगे जिसे देख कर जेनरल मेनेजर का मन एकदम प्रफुल्लित हो जाये। और उनके बॉस भी उन्हें प्रसन्नता भरी नजरों से देखने लगे। उन्होंने एक एक कर के सारे कर्मचारियों को मिट्टी खोदने की जगह बताई।

सभी लोग जुट गये कुल्हाड़ी से जगह जगह पर मिट्टी खोदने में । धीरे धीरे कर सभी कर्मचारी जगह जगह पे गमले की उचाई जितना मिट्टी खोद कर जगह जगह गमले मिट्टी के अंदर डालने लगे।

जहां जहां कर्मचारियों को दिक्कते आ रही थी वहां वहां वो खुद भी अपने हाथों से मिट्टी की खुदाई कर उसमें गमले को डाल बागीचा बना रहे थे।

अब करीबन दो घंटे पूरे होने वाले थे, जेनरल मेनेजर शायद ऑफिस पहुंचने के लिय निकल चुके थे, और थोड़ी देर में शायद आ जायेंगे ।सभी लोग जेनरल मेनेजर के इंतजार में पल्के बिछाए हुए थे, फूल माला आरती की थाली तैयार थी और अब अपनी शानदार गाड़ी में बैठकर जेनरल मेनेजर आ चुके थे, सभी बॉस उनकी आरती कर स्वागत किये।

सभी लोग बहुत खुश हुए।

उन्हें ऑफिस में ले जाया गया। बौस ने उन्हें कुर्सी में बैठने को कहा।

वह बैठे।

उन्होंने कहा "मिस्टर चक्रवोत यू कैन सीट ऑलसो"।

"सर वुड यू लाइक सम टी और कॉफी"

उन्होंने रींग मारा

बाहार से बॉय आया

"बॉस टू कप ऑफ कॉफी"

"यस सर"।

अब बॉस और जेनरल मेनेजर के बीच ऑफिस के काम को ले कर बातें शुरू हुई इतने में कॉफी आ गई। दोनों ने बात करते करते कॉफी पी, और तब उन्होंने ऑफिस के मोइना का जिक्र उठाया।

बॉस बोले "जी चलिए सर अपने आंखों से सारे केबिन, कम्प्यूटर, फाइल्स सब कुछ देख लिजीए" जेनरल मेनेजर को ऑफिस का काम बढ़ीया लगा।

जेनरल मेनेजर ने कहा "मी चक्रवीत एवरीथींग इज़ परफेक्ट"।

यह कहते कहते उनकी नजर बागीचे पर गई उन्होंने कहा"हाव वियूटीफूल द गार्डन इज़"।

बॉस ने कहा "यस सर टेंक्यू, पर सर इसे बागान को गमलों से ढ़क कर बागीचा बनाया गया है और वह भी दो घंटों के अंदर अंदर सारी बातो को सर को बताया।

पर इतना सुंदर काम ऑफिस से लेकर बागीचा तक किया किसने ?

बोस खुश होते हुए कहे "हीयर, द परफेक्ट मेन इज अनुराग त्रिपाठी","कम अनुराग कम हीयर"।

"सर ही इज़ द परफेक्ट परसन; वेरी केयरफुल एन्ड वेरी ओविडीएन्ट परसन"।

"वाह! वेल डन माए बाय, वेल डन" जी एम ने मुझे कहा।

बोस भी बहुत खुश हुए।

शायद इसलिए कि नामुमकिन काम को पापा ने मुमकिन कर दिखाया और वह भी दो घंटों के अन्दर अन्दर।

यह सब बातें करते करते वक्त बीतता जा रहा था।

पर बात अब भी वहीं की वहीं थी, कि प्रियांक की डाइवोर्स की बात तो प्रिया को पता थी पर प्रिया की डाइवोर्स की बात अभी तक प्रियांक को पता न था। यही सब सोचकर बिट्टू और करण प्रिया के रूम में आ जातें हैं और बातों ही बातों में प्रिया के पति के बारे पूछने लगते हैं।

''वो ठीक है'' प्रिया अपने दोनों हाथों की अंगुलियों को एक दूसरे की ओर फेरती हुई, अपने गर्दन को झूकाये हुए, अपनी नजरों को दाई बाई करती हुई कहती है। इतने में बिट्टू मौका पाता देख;

"प्रिया उन्हें यहां बुलाओ ना, इस वक्त तो प्रिया उन्हें तुम्हारे पास होना चाहिए मैं आज तक उनसे मिला भी नहीं हूं। इसी बहाने मिल भी लूंगा" बिट्टू प्रिया की सच्चाई को प्रियांक के सामने लाने के लिए ऐसा कहता है।

"है ना प्रियांक सर" बिट्टू ने कहा।

''प्रियांक संकोच करता हुआ, उसे कुछ समझ नहीं आता वह क्या जवाब दें"।

"प्रियांक जी जैसे नं वान एक्टर है, वैसे में नं० वन राइटर नहीं तो उनके लायक कैसे हो सकती हूं ? ऐसा नहीं है तो उन्हें अपना पति बनाने का ख्वाब कैसे देख सकती हूं ? और सबसे बड़ी बात अभी तक मुझे यह भी नहीं पता कि जिस तरह मैं प्रियांक जी से प्यार करती हूं उसी तरह प्रियांक जी भी मुझसे प्यार करते हैं या नहीं।

अब मैं क्या करूं, क्या बताऊं, क्या आज सच्चाई बता दूं ? पर कैसे बताऊं ?" प्रिया सोचती है।

"प्रिया जी कहां खो गई ?" करण ने पूछा।

''फोन करिये, प्लिज बुलाइये'' करण ने कहा।

प्रिया करण को गुस्से में देखने लगती है और बिट्टू को भी सारी बातें पता चल गई है यह भी उसे लग रहा था क्योंकि आज अचानक बिट्टू का उसके पति को लेकर जिक्र करना उसे थोड़ा आश्चर्य सा लग रहा था।

प्रिया और बिट्टू बचपन के दोस्त होने के वजह से एक दुसरे को काफ़ी अच्छे तरीके से समझते थे, इसलिये बिट्टू को लग रहा था कि प्रिया को गुस्सा आ रहा है पर फिर भी अपने दिल पर पत्थर रख वह प्रिया के पति का नं० लगाने को कहता जाता है।

इधर यह लोग फोन कर रहे थे उधर प्रियांक प्रिया के लिय तड़पता जा रहा था। उसकी धड़कन तेज होती जा रही थी, वह मन ही मन रोता जा रहा था कि कहीं फिर से प्रिया उससे दूर न चली जाए।

इतने सालों के बाद मुझे मेरी प्रिया जी मिली है, मैं उन्हें फिर से नहीं खो सकता, उन्हें अपने से दूर जाता हुआ नहीं देख सकता, उनसे मैं दूर नहीं रह सकता।

ये क्या हो रहा है मुझे, मैं इतना स्वार्थी कैसे हो सकता हूं, भले ही मैं प्रिया जी से प्यार करता हूं पर प्रिया जी उनकी पत्नी है इसलिए मुझे प्रिया जी से दूर जाना ही होगा। क्या करूं अब मैं यहां से चला जाऊं? मेरे तकदिर में शायद प्रिया जी से जुदा ही होना लिखा है। हां मैं

चला जाता हूं। अब कभी नहीं मिलूंगा मैं प्रिया जी से, कभी नहीं और ऐसा सोच कर प्रियांक प्रिया को छोड़ कर जाने लगता है।

इधर करण और बिट्टू प्रियांक के दिल की बात समझ जाते है।

"प्रिया जी, प्रियांक जी'' जा रहे हैं उन्हें रोकिये" करण प्रिया के आंखों में आंखें डाल कर कहता है।

"प्रिया आज प्रियांक सर को अपनी शादी की सच्चाई बता दो" बिट्टू समझाते हुए कहता है।

प्रिया जी आज प्रियांक जी को कह दिजीए ''लव यू प्रियांक जी"।

''कह दिजीए प्रिया जी कह दिजीए" करण ने घबराते हुए समझा कर बताया।

"हां प्रिया प्रियांक सर को आइ लव यू कह दो। कहीं ऐसा ना हो कि तुम प्रियांक सर से इतना प्यार करती हो यह बात उन्हें कभी पता ही न चले। कह दो प्रिया कह दो इससे पहले कि जिन्दगी कोई नया मोड़ ले ले, इससे पहले कि यह वक्त बीत जाए लव यू प्रियांक जी कह दो" बिट्टू ने प्रिया को घबड़ाते हुए समझा कर बताया।

करण और बिट्टू की बातें सुनकर प्रिया के दिल में एक हलचल सी मच जाती है; वह बेड से लंगड़ाती हुई उठकर अपने रूम के दरवाजे को खोलती है।

इधर करण और बिट्टू देखते रहते हैं और-

''प्रियांक जी'' रोती हुई प्रिया कहती है।

प्रियांक रूक जाता है।

''प्रियांक जी" फिर से प्रिया कहती है।

प्रियांक मुड़ कर आंखों में आंसू लिए देखने लगता है।

प्रियांक की खुशी का ठिकाना नहीं था, मानों दोनों जहां मिल गया हो।

प्रिया गीरने लगती है उसे गीरता देख प्रियांक दौड़ता हुआ आता है और उसे गीरने से बचा लेता है और तब।

"क्या हुआ प्रिया जी आप इस तरीके से बेड से उठ के क्यूं चली आई ?" प्रियांक प्रिया को चुमना चाहता है पर संकोचवश उसे चुम न पाता है।

प्रियांक जमीन में घुटने के बल बैठ उसे गोद में रख अपने बांए हाथ से उसका सर थामें हुए पूछता है।

पर फिर

''प्रिया आंखों में आंसू लिय हुए, उसे बहुत प्यार करना चाहती है। काश की यह वक्त यहीं रूक जाऐं प्रियांक जी। आप मुझे यूं ही देखते रहे और मैं आप को यू ही देखती रहूं और इसी तरह आपकी बांहों में मेरी जिन्दगी गुजर जाऐं'' प्रिया मन ही मन सोचती है।

पर वह संकोचवश कुछ कह न पाती है और तब, "प्रियांक जी आप की पेंट की जेब में मेरी प्रिस्क्रिप्शन है" प्रिया ने सीधे लब्जों में कहा।

"प्रिया जी आपकी जुबा कुछ और कह रही है और नज़रें कुछ और" प्रियांक ने मन ही मन प्रिया को देखते हुए सोचा।

और फिर प्रिया को सहारा देकर लाते हुए बेड में प्रियांक बिठा देता है उसकी प्रिस्क्रिप्शन टेबुल में रखकर अपने दिल पे पथ्थर रख वहां से चला जाता है।

एक सप्ताह बाद :

प्रियांक थोड़ा दुःखी तो रहता है। उसे प्रिया की थोड़ी चिंता होने लगती है कि प्रिया अकेले कैसे हॉस्पिटल में मेनेज कर रही होगी क्योंकि बिट्टू द्वारा उसे यह बात पता चल जाती है कि प्रिया का पति उसके पास नहीं आया है। वह भागा हुआ प्रिया के पास जाता है और फिर से उसकी सेवा करने लगता है।

कुछ दिनों बाद :

आज प्रियांक बहुत खुश था क्योंकि प्रिया को आज सवा महिने बीत चुके थे और वह हॉस्पिटल से डिस्चार्ज होने वाली थी। उसे डिस्चार्ज करा कर

''प्लिज प्रियांक जी'' प्रिया ने कहा।

''प्लिज प्रिया जी'' प्रियांक ने कहा।

''पर अभी नहीं'' प्रिया ने कहा।

''तो कब'' प्रियांक ने पूछा।

''पर प्रिया जी मैं चाहता हूं'' प्रियांक ने कहा।

''मैं भी चाहती हूं प्रियांक जी'' प्रिया ने कहा।

''पर ऐस कैसे ?'' प्रिया ने पूछा।

''क्या प्रोब्लेम है ?'' प्रियांक ने पूछा।

''कोई प्रोब्लेम नहीं'' प्रिया ने कहा।

''तो अभी क्यूं नहीं ?'' प्रियांक ने पूछा।

''क्या अभी आप का मूड नहीं ?'' प्रियांक ने फिर से पूछा।

''नहीं प्रियांक जी ऐसी बात नहीं'' प्रिया ने कहा।

''पर.........'' प्रिया ने फिर से कहा।

''पर क्या प्रिया जी बोलो ना" प्रियांक परेशान होते हुए पूछा।

''प्रियांक जी मैं ऐसे कैसे आप के घर जा सकती हूं ?" प्रिया ने कहा।

''क्यों, क्योंनहीं जा सकते क्या अभी आप को मेरे घर जाने का मूड नहीं" प्रियांक ने पूछा।

एसी बात नहीं पर प्लिज नहीं जा सकती समझो।

"प्रियांक जी" प्रिया उसके दोनों गालों पे अपने दोनों हाथ रखते हुए समझाती है।

प्रियांक समझ जाता है और अपनी ज़िद् छोड़ देता है।एक मैड की व्यवस्था कर प्रिया को विराट होटल छोड़ते हुए फिलहाल वहां से चला जाता है।

<u>तीन दिन बाद :</u>

आज प्रियांक अपनी देर रात की शूटींग में अपने साथ जुहू बीच प्रिया को भी ले जाता है। सूटींग खत्म होने के बाद।

प्रियांक प्रिया जुहू बीच के किनारे टहलते हुए बातें करते हैं।

प्रियांक अब भी यह जानना चाहता था कि प्रिया अपने परिवार के साथ खुश तो है ना क्योंकि अब प्रियांक को भी प्रिया की जिन्दगी की खुशियों को लेकर उसका शक कुछ हद तक यकिन में बदलने लगा था।

और तब वह सच्चाई जानने के लिए प्रिया के कॉलेज की बातों से बातें करना शुरू करता है।

"प्रिया जी कॉलेज लाइफ के भी क्या दिन होते हैं ना" प्रियांक ने पूछा।

"हां प्रियांक जी वो तो होते ही हैं" प्रिया ने मुस्कुराते हुए कहा।

''अपनी कॉलेज के समय की कुछ बात बताइये ने प्रिया जी'' प्रियांक ने कहा।

“अपनी कॉलेज के समय की एक बात बताती हूं आपको” प्रिया ने चहकते हुए कहा।

‘‘ह................म बताइए‘‘ प्रियांक ने खुश होते हुए पूछा।

“आपको मैं अपने कॉलेज कैंटीन की एक मजेदार बात बताती हूं” प्रिया मुस्कुराते हुए कहती है।

“कॉलेज कैंटीन में मजेदार बात ?”प्रियांक ने आश्चर्य हो कर पूछा।

“प्रिया जी कॉलेज के कैंटीन में ऐसी कोई क्या कर सकता है ? अक्सर स्टुडेन्र्स गार्डन में या फिर ग्राउन्ड में मस्ती करते हुए देखे जाते हैं” प्रियांक ने कहा।

‘‘हां प्रियांक जी, पर मैं और मेरी फ्रेंडर्स कैंटीन में मस्ती किया करते थे” प्रिया ने कहा।

‘‘ओह अच्छा” प्रियांक मन ही मन कहता है।

मेरे कॉलेज की कैंटीन में एक बुजुर्ग रामु काका वेटर का काम किया करते थे। अकसर मैं और मेरी फ्रेंडूर्स कैंटीन में...,-

‘‘काका’’ नौ प्लेट समोसे, नौ प्लेट कचौरी और तीन प्लेट रशगुल्ले देना प्लिज ‘‘सब ने ऑडर किया।

‘‘अभी लाया बीटीया” काका ने कहा।

‘‘आज क्या हुआ हमारे क्लास में पता है” बीना ने कहा।

प्रिया ने पूछा।‘‘क्या’’ ?

“फीजीक्स के प्रोफेसर आज मीली से पूछे” बीना ने कहा।

“मीली वाट इज़ रेडियो एक्टिविटी ?” मीना ने कहा।

"रेडियो से जो एक्टिवर्टी होती है उसे रेडियो एक्टिविटी कहते हैं" मीली ने जवाब दिया।

"क्लास के प्रोफेसर से लेकर सारे स्टुडेंट्र्स हसने लगे" रेबू ने कहा।

"तो तू ही बता न क्या होता है" मीली ने कहा।

"मैं क्यूं बताऊं, सर ने तुझसे पूछा था तो मैं क्यूं बताऊं ?" रेबू ने कहा।

बड़ी आई मीली ने मुंह बनाते हुए कहा।

इतने में काका समोसे कचौरी और रशगुल्ले लेकर चले आते हैं।

और अब यह लोग खाते हुए बातें करते हैं।

एक दिन कि मीली की एक और बात बताती हूं" रेबू ने कहा।

"क्या आप पिछे बैठकर मोबाइल यूज़ करते रहते हैं मीली ?" प्रोफेसर और क्लास पर ध्यान नहीं देते। अशोक सर ने चौक का टुकड़ा तोड़ा और मीली के सर पर निशाना साधते हुए कहा।

"सारे शरारती स्टुडेंट्र्स पीछे बैठ जाते हैं और सोचते हैं कि उनपर कोई ध्यान नहीं देगा, जबकि सबसे पहले नज़र उन्हीं पर जाती है"अशोक सर ने अंगुली दिखा कर मुस्कुराते हुए कहा।

यह बात सून सामने बैठे सभी स्टुडेंट्र्स हसने लगे।

"तभी मैं उस दिन सोच रही थी मीली के सर पर फफोले का आशिर्वाद किसने दिया है" मीना ने कहा।

"अरे यार तुम्लोग यह मजाक बंद करोगे" प्रिया ने कहा।

और..................रेबू ने कहा।

"ब........स बहुत हुआ" प्रिया ने मीली का ख्याल करते हुए कहा।

और अब सब का खाना पीना हो जाता है और

“काका बील प्लिज” प्रिया ने कहा।

बेटा नौ प्लेट समोसे बीस रूपये के हिसाब से हो गये-१८० रूपये,

नौ प्लेट कचौरी के हो गये बीस रूपये के हिसाब से- १८० रूपये,

और तीन प्लेट रशगुल्ले के हो गए चालिस रूपये के हिसाब से-१२० रूपये,

सब मिला कर हो गए-४८० रूपये।

फिर प्रिया के सभी फ्रेंडर्स ने काका के साथ मस्ती करने का सोचा।

काका हमने आप से नौ प्लेट समोसे मांगे थे और आप ने दिये कितने ‘‘एक, दो, तीन, चार, पांच, छे’’ यानी तीन प्लेट कम” रेबू ने कहा।

और हमने आप से नौ प्लेट कचौरी मांग थे और आप ने दिए कितने ‘‘एक, दो, तीन, चार, पांच, छे यानी पूरे तीन प्लेट कम” बीना ने कहा।

और हमने रशगुल्ले कितने मांगे थे तीन प्लेट और आप ने दिये कितने ‘‘एक, दो’’ आप ने सिर्फ दो प्लेट रशगुल्ले दिये यानी एक प्लेट कम ‘‘मीना ने कहा।

इस तरीके से प्लेटे छुपा कर गीनती करा कर टोपी पहनाने की कोशिश में जुट जाती है।

“काका आपने तीन प्लेट कम दिये, तो हो गये ६० रू समोसे के” मीना ने कहा ।

“काका कचौरी भी आप ने तीन प्लेट कम दिये तो उसके भी हो गए ६० रू” बीना ने कहा।

“और रशगुल्ले पूरे एक प्लेट कम यानी उसके हो गए ४० रू” रेबू ने कहा।

तो सब मिलाकर हो गए १६० रू

अब इसी बात को दोहराते हुए सभी हल्ला करने लगती है।

बेचारे काका अपना टकला खुजाने लगते हैं।

उनको टकला खुजाता देख-

"काका-आपको पता है आजकल एक नया कानून निकला है, हम मासूम बच्चों से जो ज़्यादा पैसा लेगा उसे सरकार एक महिने के लिए काला पानी भेज देगी" रेबू ने काका को अपने हाथों के एक्शन से डराते हुए कहा।

"यह काला पानी कौन सी जगह है बिटिया" काका ने डरते हुए पूछा।

यह एक ऐसी जगह हैं काका ज़्हां ज़मीन पे आसमान होता है और आसमान पे ज़मीन और चारों तरफ काका काला काला पा.................नी ''बीना ने काका को अपने हाथों एवं जुबान के एक्शन से डराते हुए कहा।

ऐसी भी कोई जगह होती है बिटिया ''काका डरते डरते पूछे।

"हां काका वो बहुत भयानक सी जगह है, हम सरकारी कानून के खिलाफ नहीं जा सकते वरना" आशा ने डराते हुए कहा।

बेचारे काका अब भी डरने के साथ साथ कन्फ्युज़ होते हुए १६० रू लेकर ३२० रू का घाटा सहकर चले जाते हैं। यह बात सून कर प्रियांक जोर जोर से हसने लगता है। प्रिया जी आपकी फ्रेंड्र्स आधे के भी आधे पैसे दे कर चली गई, एक तो सबने पहले ही तीन प्लेट कम

बाताऐ उसके भी आधे प्लेट छुपाकर कन्फ्युज करके कम पैसे दिये। और बेचारे काका अपना टकला ही खुजाते रह गए। प्रियांक ने ज़ोर ज़ोर से हसते हुए कहा।

पर जहां प्रिया अपने फ्रेन्डर्स की गल्तीयों में हसी मजाक करते हुए साथ देती थी उसी जगह पर वह दुसरे दिन किसी भी बहाने से बाकी के पैसे काका को दे दिया करती थी।

"प्रिया जी वाकई कॉलेज लाइफ से अच्छी कोई लाइफ नहीं होती है ना" प्रियांक ने मुस्कुराते हुए कहा।

"अच्छा प्रिया जी, क्या आपने कभी किसी से प्यार किया है ?" प्रियांक ने यूं ही मुसकुराते हुए पूछ लिया।

"सच तो यह है प्रियांक जी कि मैंने किसी से नही, सिर्फ और सिर्फ आप ही से प्यार किया है, आप ही के नाम का दीपक अपने दिल में जलाया है, अपने

ख्वाबों में, अपने ज़स्बात में, अपने मन के मंदिर में आप ही को और सिर्फ आप ही को मैंने पूजा है" प्रिया ने प्रियांक को प्यार भरी नजरों से देखते हुए मन ही मन कहा।

''क्या हुआ प्रिया जी आप ने जवाब नहीं दिया'' प्रियांक ने कहा।

''प्रियांक जी वो आसमान में चांद देख रहे हैं ?" प्रिया ने पूछा।

''हां देख रहा हूं" प्रियांक ने कहा।

''हमें उनसे प्यार है" प्रिया ने कहा।

''क्या ?" प्रियांक ने पूछा''

''हां'' प्रियांक जी हमें वह चांद से प्यार है प्रिया ने कहा।

"आप हमारे लिए कोई चांद से कम थोड़ी न है" प्रिया ने फिर से मन ही मन कहा।

"पर उस चांद में तो दाग है" प्रियांक ने आराम से कहा।

नहीं प्रियांक जी ''मैं जिस चांद से प्यार करती हूं उस चांद में कोई दाग नहीं ''प्रिया ने प्रियांक के लिए तड़पते हुए मन ही मन कहा।

बातों ही बातों में दोनों एक दुसरे का हाथ पकड़ कर चिपक कर कब करीब आ जाते हैं पता हीं नहीं चलता।

उस चांदनी रात में प्रिया और प्रियांक दोनों एक दुसरे को नीहारते जाते हैं,

धीरे धीरे दोनों के मन में एक दुसरे से प्यार करने की भावना जागने लगती है, दोनों एकदम करीब, दोनों की

आंखें बंद, हौंठ मानों थरथरा रहे हो, मानों एक दुसरे को और भी करीब आने को तड़प रहे हो, दिल जोड़ों से धड़क रहा हो।

चांदनी रात में समुन्दर की वह तेज आवाज़ में भी दोनों के दिल मानों एक दुसरे से बातें कर रहे हो।

दोनों अपनी यह तड़प बरदास्त नहीं कर पा रहे थे और एक दुसरे को टाइटली पकड़ते हुए हग करने लगे, शायद प्रिया, प्रियांक आज अपनी सिमा क्षेत्र से आगे तो नहीं बड़ जाऐंगे।

पर हग करते हुए, प्रिया को यह ख्याल सताने लगता है कि प्रियांक जी हिन्दुस्तान के इतने बड़े एक्टर हैं और मैं उनके सामने कुछ भी नहीं। मैंने हमेशा से प्रियांक जी को चाहा है, अपने दिल और आत्मा से प्यार किया है पर फिर मैं उन्हें नहीं पा सकती पर अपने आप को जितना रोकने की कोशिश करती हूं उतना ही प्रियांक जी के करीब पहुंच जाती हूं। नहीं मुझे उनसे दूर जाना होगा प्रिया सोचती है। ।

ये मैं क्या करने जा रहा हूं; माना कि मैंने प्रिया जी को हमेशा से चाहा है; अपने दिल और आत्मा से उन्हें प्यार किया है पर सच तो यह है कि वो शादी-शुदा है, किसी की पत्नी है, तो मैं उन्से कैसे प्यार कर सकता हूं ? नहीं मुझे उनसे दूर जाना ही होगा प्रियांक सोचता है।

प्रियांक प्रिया तड़पते हुए एक दुसरे से अलग हो जाते हैं।

कुछ दिनों बाद

चाहे प्रिया प्रियांक एक दुसरे से कितना भी अलग होना चाहे पर प्रकृति उन्हें करीब लाने के मौके ढूंढ़ ही लेती है। पर अगर प्रियांक के किसमत में प्रिया है तो प्रकृति दोनों का मिलन क्यो नहीं करा रही है ? आखिर प्रकृति क्या चाहती है ? क्या उन्हें करीब लाकर जुदा कर देगी या फिर उनकी किसमत से उनकी दुनियां में कुछ और ही करिश्में होने वाले हैं ? क......................या....................?

आज प्रियांक सुबह सुबह अपनी कार से शूटींग के लिय निकल रहा था कि अचानक उसकी कार की ब्रेक फैल हो गई और एक पेड़ से टकराकर उसकी कार में आग लग गई।

जब प्रिया को न्यूज़ में यह बात पता चली तो वह दौड़ी हुई हॉस्पिटल में प्रियांक को देखने जाती है। पर प्रियांक को हॉस्पिटल में सही सलामत देख के उसकी जान में जान आती है।

और अब,

वह प्रियांक की सेवा में जुट जाती है।

कुछ दिनो बाद जब प्रियांक पूरी तरह से ठीक होते हुए भी प्रिया को उसकी इतनी फिक्र करता देख उसकी उदासी भगाने के लिय प्रियांक अपने दोनों हाथों की अंगुलियों को फेरते हुए सोचता है और कहता है-

"क्या करूं; क्या करूं; क्या करूं प्रिया जी आप को गेम्स खेलना पसंद है ?" प्रियांक ने पूछा।

"य..................स बहुत पसंद है "प्रिया ने कहा।

प्रियांक जी मुझे आज भी वो दिन याद है, जब मेरे चंडीगढ़ शहर के गांधी मैदान में सरकार द्वारा आयोजित स्पोर्ट्स हुए थे। स्टेट के सभी बड़े बड़े स्कूलों के स्टूडेट्स के साथ मेरे स्कूल के स्टूडेट्स ने भी भाग लिया था, आप को पता है तब मैं.................जलेबी रेस में थड आई थी, और ड्राइंग कम्पटीशन के सेकेंड क्योंकि शायद मुझे यह बात पता थी कि ड्राइंग चाहे साधारण ही क्यों न हो पर पेपर पर बोडर दे कर करनी जरूरी है। और हां प्रियांक जी मैं म्यूजिकल चेयर में फस्ट आई थी प्रिया ने गर्व के साथ कहा। शायद इसलिए कि मुझे वहां किसी ने कहा था कि इस गेम में थोड़ी धीरे धीरे चलनी चाहिए ताकि एटलिस्ट तुम्हारे आगे दो चेयर तो हो जिसमें से तुम किसी एक चेयर में बैठ कर गेम को आगे बड़ा सको। ''प्रिया ने अपने दोनों हाथों की हथेलियों से एक्ट करते हुए कहा।

पर प्रिया जी जलेबी रेस में थड क्यों आई यह तो आपने बताया ही नहीं ''प्रियांक ने मजाक से पूछा।

प्रिया को भी मस्ती सूझी।

तब शायद मुझे जलेबी खाना पसंद नहीं था ''प्रिया अपने मुंह को बनाते हुए मजाक करती हुई कही''

''क्या" प्रियांक ने मजाक से पूछा।

''तब तो प्रिया जी मैं एक बार बोरे के रेस में फस्ट आया था'' प्रियांक ने कहा।

''हां......................तो उस वक्त शायद आप बोरे के रंग के कपड़े पहने हुए होंगे'' प्रिया ने मजाक से कहा।

क्या ? ''प्रियांक ने अपने आश्चर्य को जाहिर करते हुए कहा।

"हां.................."प्रिया ने आश्चर्य का जवाब देते हुए कहा।

और अब दोनो हसने लगते हैं।

"प्रिया जी आपकी भी क्या लॉजिक है ना ओह माय गोड" प्रियांक ने हसते हसते कहा।

प्रियांक को इस तरह हस्ता देख प्रिया को बहुत अच्छा लगता है।

चलिये प्रिया जी आपने मुझे अपने लॉजिक की बातों से हसाया और अब मैं आपको एक चुटकुला सूना कर हसाता हूं। ''प्रियांक ने कहा।

हां हां सुनाइये सुनाइये ''प्रिया ने कहा।

क्या होता है ना एक बार एक कॉलेज ट्रीप में लड़के और कुछ लड़किया जाते हैं, वहां उन्हें पता चलता है कि होटल के सारे रूम बुक हो चुके हैं ''बस एक हॉल खाली है''।

अ..................ब एक हॉल में कैसे रहेंगे ? लड़के लड़कियां एक साथ ?

पर रात काफी हो चुकी थी तो दूसरी कोई ऑप्शन भी नहीं थी टीचर्स भी क्या करते किसी तरह उन्हें भी आज की रात तो बितानी ही थी।

वह लोग जमीन में बिस्तर लगा के ''एक तरफ सारे लड़के को'' और ''एक तरफ सारी लड़कियों को'' बीच में तकिया लगाकर सोने को कहते हैं। सुबह जब होती है तो जंगल में घुमते घुमते एक बड़ा सा नाला आता है जिसे कुद कर पार करना होता है तो पता है प्रिया जी तकिये के बगल वाली लड़की तकिये के बगल वाले लड़के के बारे क्या कहती है जब वह नाला पार करने के लिए सोच रहा था तो ''प्रियांक ने हस्ते हुए कहा।

''क्या'' प्रियांक जी ? प्रिया ने हस्ते हुए पूछा।

उसने कहा स.................र यह रात भर में एक तकिया तो पार नहीं कर सका 'नाला क्या खाक पार करेगा ''प्रियांक ने हाथों से बताते हुए कहा।

प्रिया यह बात सून ठहाके मार के हसने लगती है।

प्रिया को इस तरह हसता देख प्रियांक को भी बहुत अच्छा लगता है।

इतने में प्रिया को मस्ती सूझती है।

आइडिया; प्रियांक जी क्यूं ना हमलोग चार्टिंग चार्टिंग खेले ''प्रिया बहुत खुश होते हुए कहती है।

प्रिया को खुश देख कर प्रियांक भी बहुत खुश होता है।

चार्टिंग चार्टिंग अ....................''प्रियांक ने कहा।

य................स ''प्रिया ने कहा।

पर हम दोनों तो साथ में हैं फिर कैसी चार्टिंग ''प्रियांक ने पूछा।

यस यही तो मजा है प्रियांक जी, आमने सामने बैठ के......................

प्रिया इधर उधर देखती हुई आप यहां बेड पे बैठे रहो, मैं सोफे पे बैठ जाती हूं प्रिया ने कहा।

प्रिया जी, आप भी ना ''प्रियांक ने मजाक से कहा।

हां प्रियांक जी आप आराम से बेड पे बैठो मैं उस सोफे पे बैठ जाती हूं ''प्रिया ने कहा।

प्रिया जी आप जहां बैठे हो मेरे बगल में बैठे रहो ''प्रियांक ने कहा।

प्रियांक इधर उधर देखने लगता है

प्रियांक जी आप आराम से बैठो ''प्रिया ने चिंता जाहिर करते हुए कहा।

अच्छा अच्छा अच्छा एक काम करता हूं ''प्रियांक ने कहा।

दोनों एक जगह बैठते हैं ''प्रियांक ने कहा।

"पर....................." प्रिया ने कहा।

पूरी बात तो सून लो प्रिया जी ''प्रियांक ने आराम जताते हुए कहा।

''ह..........म'' प्रिया ने प्रियांक को प्यार भरी नजरों से देखते हुए बंद होठो से आवाज निकाली।आप और मैं दोनों ही ज़मीन में बैठेंगे पर आप बेड के इस ओर बेठिगी और मैं उस ओर ''प्रियांक ने कहा।

प्रियांक जी आप जमी़न में बैठोगे इस हालत में ? ''प्रिया ने प्रियांक के लिए चिंतीत होते हुए पूछा।

प्रिया जी मैं आपके लिए जमी़न में तो क्या कांटो पे भी बैठ लूंगा ''प्रियांक सोचता हुआ प्रिया को प्यार भरी नजरों से देखता हुआ मन ही मन कहता है।

''प्रियांक जी कहां खो गए ?'' प्रिया ने अपनी अंगुलियों से चुटकी बजाते हुए पूछा।

''ह..................म'' प्रियांक ने बंद होठों से आवाज़ नीकाला।

"प्रियांक जी मैंने कहा आप जमीन में बेठागे वो भी इस हालत में, आप हिंन्दुस्तान के इतने बड़े सेलिब्रीटी हो ऐसे जमीन में बैठोगे" प्रिया ने कहा।

प्रिया जी सेलिब्रीटी क्या इंसान नहीं होते, उनमें क्या भावनाऐं नहीं होती; क्या उन्हें कभी मन नहीं होता कि वह एक आम इंसान के जैसे बैठे उठे, आम इंसान के जैसा जीए, बातें करे हंसी मजाक करे ह..................''प्रियांक ने प्रिया को प्यार भरी नजरों से नीहारते हुए कहा।

पर आपकी तबीयत ''प्रिया ने कहा''

मेरी तबियत को कुछ नहीं हुआ देखो मैं बिल्कुल ठीक हूं। ''प्रियांक ने कूद कर दिखाते हुए कहा।

अच्छा प्रियांक जी ठीक है प्रिया ने मुस्कुराते हुए कहा।

और अब दोनों चॅटिंग करना शुरू करते हैं।

''हाय प्रियांक जी'' प्रिया ने लिखा।

''हाय प्रिया जी'' प्रियांक ने लिखा।

''कैसे हो ?'' प्रिया ने लिखा।

''बढ़ीया और आप कैसे हो ?'' प्रियांक ने लिखा।

''मैं भी बढ़ीया'' प्रिया ने लिखा।

''प्रिया जी आप अपनी एक पीक सेन्ड करो'' प्रियांक ने लिखा।

करती हूं ''प्रिया ने लिखा'' प्रिया को इसमें भी फिर से मस्ती सूझी।

देख लो प्रियांक जी ''प्रिया ने मुस्कुराते हुए लिखा।

प्रियांक बेचारा प्रिया के पिक का इंतजार करता जा रहा था पर पीक थी जो उसे नज़र की नहीं आ रहा थी। बेचारा पीक के इंतजार में बेचैन हुए जा रहा था।

थोड़ी देर बाद

''प्रिया जी मैं कब से आप का पीक का इंतजार कर रहा हूं'' प्रियांक पीक न दिखने के वजह से परेशान होते हुए लिखा।

“पर मैं तो टाइमलाइन पे अपलोड कर चुकी हूं प्रियांक जी“ प्रिया ने मुस्कुराते हुए लिखा।

“मैं तो” प्रियांक ने लिखा।

अब प्रियांक को प्रिया की मस्ती समझ आ जाती है उस्से बरदास्त नहीं होता है और वह प्रिया के पास आकर उसके साथ प्यार जताने लगता है।

प्रिया जी आज आपको बहुत मस्ती सूझ रही है “प्रियांक अपने दोनों हाथों से प्रिया के दोनों हाथों को पकड़ कर पीछे की ओर करते हुए कहा।

“सॉरी” “सॉरी” पर मुझे छोड़िये तो “प्रिया ने हस्ते हुए कहा।

धीरे धीरे प्रियांक प्रिया के नजरों के सामने आने लगता है, दोनों के बीच प्यार भरे जस्बात पनपने लगते हैं, दिल जोरों से धड़कने लगता है, सासें तेज गति से चलनी लगती है, दोनों के मन में उबाल आने लगता है, दिल एक दूसरे से मिलन के लिए बेचैन होने लगता है, “काश, काश की यह वक्त यही ठहर जाए” प्रियांक ने मन ही मन सोचा।

तू “मुझमें समा जाय प्रिया ने मन ही मन सोचा और मैं तुझमें समा जाऊं प्रियांक ने मन ही मन सोचा।

पर थोड़ी देर बाद धीरे-धीरे प्रिया प्रियांक अपनी एक्साइटमेंट को कन्ट्रोल कर के हसने लगते हैं।

आज काफी दिनों के बाद बीट्टू अपने घर आसनसोल पहुंचा। वहां पर लोगों ने उसका बहुत ज़ोर दार स्वागत किया। आज बच्चों के स्कूल के स्पोटर्स डे में बिट्टू को ही वहां का चीफ गेस्ट बनाया गया और उसी के हाथों प्राईज डीश्ट्रीब्यूट करवाया गया। बिट्टू आज बहुत खुश था। बिट्टू को प्रिय ने एक बात बताई कि नीतू दीदी बिट्टू से प्यार करती थी पर जब वह दोनों को मिलाती तब तक नीतू दीदी की शादी हो चुकी थी। आज बिट्टू ने भी प्रिया को एक बात बताई वह यह कि सिनेमा हॉल में प्रिया के बगल में बैठने वाला सक्स कोई और नहीं बल्कि बिट्टू ही था और साथ ही साथ प्रिया को इन्डारेक्ट में बिट्टू ने यह भी बताया कि वह बचपन से प्रिया से प्यार करता आ रहा है। इस बात पे प्रिया ने बिट्टू को इन्डायरेक्ट में जवाब दिया “बिट्टू हम दोनों सिर्फ दोस्त हैं और दोस्ती में मिलावट नहीं यार।

“हां प्रिया तुम्ने बिलकुल सच कहा“ बिट्टू ने भी जवाब दिया।

कुछ दिनों बाद :

आज प्रिया बहुत खुश है, क्योंकि आज प्रियांक का जन्म दिन है, वह सुबह उठ कर तैयार होकर प्रियांक के लिए भगवान से प्रार्थना करने मंदिर चली गई।

उधर प्रियांक अपने बथ डे की खुशी में होटल ब्लू पेलेस में पार्टी रखता है जिसमें प्रियांक की इस साल की खुशी के अवसर पर प्रिया सब से खास मेहमान होती है।

''प्रिया जी आप सात बजे तैयार रहियेगा मैं खुद आपको लेने आऊंगा'' ''प्रियांक बहुत खुश होते हुए फोन पर प्रिया से कहता है।

प्रियांक जी आज आपका ''बर्थ डे'' है, सभी महमान सबसे पहले आपसे मिलना चाहेंगे इसलिय प्लिज आप मत आना मैं खुद टेक्सी में आ जाऊंगी। आप मेरी चींता मत करो ''प्रिया ने प्रियांक को समझाते हुए फोन पर कहा।

नहीं प्रिया जी आप टेक्सी में नहीं आओगे, मैं आपको सात बजे लेने आऊंगा और हां आप महमानों की चींता मत करो ''प्रियांक ने प्रिया को समझाते हुए फोन पर कहा।

आज प्रियांक को अपने दिल में भरे सालों के अरमान पूरा करने का एक मौका मिल जाता है। दरअसल प्रिया को अपने फेवरेट कलर की ड्रेस पहनाने के लिय प्रियांक आज की पार्टी में कपल्स के लिय मेचींग ड्रेस कोड रखता था जिस बात से प्रिया अनजान होती है।

इधर प्रिया पूरी मुंबई छान लेती है पर फिर भी उसे ऐसी कोई गीफ्ट पसंद नहीं आती जो वह प्रियांक को खरीद कर दे सके।

शाम पांच बजे-

नोक नोक ''प्रिया के दरवाजे पे नोक होता है।

प्रिया अपने रूम का दरवाजा खोलती है

''मेम'' गुड इवनिंग ''ब्यूटिशियन मुस्कुराते हुए कहती है।

''गुड इवनिंग'' प्रिया ने मुस्कुराते हुए जवाब दिया।

''मेम'' सर ने आपके लिए पार्टी वेअर्स भेजे हैं और आप को तैयार करने को कहा है। ''ब्यूटिशियन ने कहा।

ओके ''कम इन'' ''प्रिया हाथ से इशारा करते हुए कहती है।

ब्यूटिशियन अंदर आती है।

''मेम'' यह ड्रेस ''सर'' आप के लिए भेजे हैं ''ब्यूटिशियन ड्रेस का डब्बा प्रिया के हाथ में देती हुई कहती है।

''वाव'' इटस् सो ब्यूटीफूल ''प्रिया ने कहा।

या मेम सो गोरजेस ''ब्यूटिशियन ने कहा।

''लूक एट इटस् ब्यूटी'' प्रिया ने कहा।

''इट्स वेरी शाइनिंग मेम'' ब्यूटिशियन ने कहा।

'' इज़ वेरी स्मूद'' प्रिया ने कहा।

इटस् कलर इज़ ब्लू एण्ड वाइट डायमंड्स आर इनसेरटेड ओन इट ''प्रिया ने कहा।

"येस, इटस् प्रीटस् आर वेरी..................ब्यूटिफूल" ब्यूटिशियन ने कहा।

दोनों कपड़े को छू कर देखते हुए बाते करते हैं।

''कम मेम'' लेट मी मेक यू रेडी।

प्रिया को आइने के सामने बिठा के ब्यूटिशियन प्रिया का मेक ओवर करना शुरू करती है। उसे मेकप कर ड्रेस, सेंडल पहना कर पूरी तरीके से तैयार कर देती है उधर प्रियांक की गाड़ी होटल विराट में आ कर रूकती है।

''हैपी बर्थ डे'' सर ''ऑटोग्राफ सर'' कहते हुए वहां की जनता प्रियांक को घेर लेते हैं, प्रियांक सभी को थैंक्यू कहते हुए ऑटोग्राफ देते हुए प्रिया के पास आता है।

ब्यूटिशियन एक कोने में खड़ी प्रियांक को वेलकम सर और प्रिया को थैंक्यू मैम कह कर चली जाती है।

प्रिया प्रियांक एक दूसरे को प्यार भरी नजरों से देखते हुए निहारते जा रहे थे मानों एक दुसरे के आंखों में खो गये हों।

प्रिया जी आज मानों आपकी खुबसुरती को देखने के लिए आसमान के चांद सितारे भी उतर कर धरती पे आ गीरे हो। ''प्रियांक प्रिया को देखकर मन ही मन कहता है।

प्रियांक जी आप मेरे फेवरेट कलर की सूट में बहुत हैंडसम लग रहे हो। ''प्रिया प्रियांक को देखती हुई मन ही मन कहती है।

प्रियांक जी आज आपका बर्थ डे है पर आपको देने के लिए मेरे पास कोई गीफ्ट नहीं ''प्रिया प्रियांक को देखती हुई कहती है।

प्रिया आप ही के पास तो वह गीफ्ट है जो आप मुझे दे सके ''प्रियांक प्रिया को देखता हुआ कहता है।

वो क्या गीफ्ट होगा प्रियांक जी जो मैं आपको दे सकूं ''प्रिया प्रियांक को देखती हुई कहती है।

अपना दिल प्रिया जी ''प्रियांक प्रिया को देखता हुआ कहता है''

दिल तो मैं कब का आपको दे चुकी हूं ''प्रिया प्रियांक को देखती हुई कहती है।

मैं भी प्रिया जी ''प्रियांक प्रिया को देखता हुआ कहता है।

प्रियांक जी आपको कैसे पता कि मेरी फेवरेट कलर ब्लू है, ''प्रिया ने पूछा।

क्योंकि प्रिया जी मेरी भी फेवरेट कलर ब्लू है, पर पता नहीं आपकों यह ड्रेस पसंद है भी या नहीं ''प्रियांक प्रिया को देखते हुए कहता है।

''प्रियांक जी मुझे यह ड्रेस बहुत पसंद है'' प्रिया प्रियांक को देखती हुई कहती है।

''और मैं प्रिया जी, मैं आपको पसंद हूं'' प्रियांक प्रिया को देखते हुए पूछता है।

''आप तो मेरी जिन्दगी हो प्रियांक जी'' प्रिया प्रियांक को देखते हुए कहती है।

इसी तरह दोनों एक दुसरे को प्यार भरी नजरों से देखते हुए मन ही मन बातें करते हैं।

प्रियांक जी मैं माला हूं तो आप उस माला की मोती,

मैं सुर हूं तो आप उस सुर के राग,

मैं आवाज हूं तो आप उस आवाज़ के वक्त,

मैं पूजारन हूं तो आप इस पूजारन के भगवान

''प्रिया प्रियांक को प्यार भरी नजरों से देखती हुई मन ही मन कहती है।

प्रिया जी मैं दिपक हूं तो आप इस दिपक की ज्योति,

मैं जल हूं तो आप इस जल की धारा,

मैं फूल हूं तो आप इस फूल की खुशबु,

मैं प्यार हूं तो आप इस प्यार के जस्बात

''प्रियांक प्रिया को प्यार भरी नजरों से देखते हुए मन ही मन कहता है''

इतने में-

नोक नोक

प्रियांक जी ''दरवाजे पे कोई है'' ''प्रिया मुसकुराते हुए अपने दोनों भांव को जोरते हुए अंगुली से इशारा करते हए कहती है।

ह...........म ''प्रियांक ने बंद होठों से आवाज निकाली।

ह..........म ''प्रियांक ने बंद होठों से मुस्कुराते हुए आवाज निकाली।

''कौन है ? '' ''प्रियांक ने पूछा।

सर मैं आप का पी ए ''पी ए ने कहा।

सर आडवानी साहब घर से निकल चुके हैं। ''पी ए ने कहा।

''हां'' आता हूं ''प्रियांक ने कहा।

थोड़ी देर बाद

''सर'' धरराज साहब पार्टी में पहुंचने ही वाले हैं ''उन्होंने आप से कहने को कहा'' ''पी ए ने फिर से कहा''

हॉ हॉ हॉ हॉ करते हुए प्रिया हसने लगी।

''प्रियांक जी'' अब तो चलिए देरी हो रही है।

वरणा कहीं ऐसा नहीं हो कि गेस्ट होस्ट बन जाए और होस्ट गेस्ट ''प्रिया ने कहा।

"हुं...................चलिये'' प्रियांक ने कहा।

और अब दोनों हाथों में हाथ डालकर विराट होटल से निकल कर कार में बैठकर पॉटी में जाने लगते हैं।

अब उनकी कार होटल ब्लू पैलेस के आगे रूकती है, फौरन दो दरवान आता है और प्रिया प्रियांक के तरफ की कार की गेट खोलता है। प्रिया प्रियांक अपने अपने तरफ से कार से एक साथ निकलते हैं, प्रियांक कार से उतर कर फौरन प्रिया के पास चला आता है और प्रिया का हाथ पकड़ उसे अपने साथ पार्टी में अंदर ले जाता है।

होटल बहुत खुबसुरत सी सजी हुई होती है, चमचमाते गार्डन, गार्डन में लगी तरह तरह की बत्तियां, नकासी किये हुए सुंदर सुंदर सरकल वाले थोड़ी थोड़ी दुर में लगे टेबल उसपर सुंदर सा क्लोथ, एक टेबल में चार सुंदर सुंदर कोवर लगे हुए चेयर, गार्डन के बीचों बीच बड़ा सा स्विमिंग पूल साथ में गार्डन के चारों तरफ फाउंटेन लगी हुई होती है, परी सजावट प्रिया प्रियांक के ड्रेस से मैचिंग होती है; देश विदेश के तरह तरह की डिशेश होते हैं, एक से बड़ कर एक शम्पयन की बोतलें होती है।

प्रिया प्रियांक सजावट देखकर होटल मैनेजर की बहुत तारिफ करते हैं। अब धीरे धीरे सभी महमान अपनी अपनी जोड़ी के साथ आने लगते हैं सब के साथ अजय भी पार्टी में आया। सभी प्रियांक को बर्थ डे विश कर प्रिया को हेलो करते हुए अंदर प्रवेश करते हैं।

और अब सब महमान आ जाने के बाद पॉटी शुरू होती है। प्रियांक केक काटता है और प्रिया के साथ सभी को खिलाता है और सभी कपल्स प्रिया प्रियांक के साथ अपनी अपनी जोड़ी में डांस करना शुरू करते हैं। डांस करते हुए में प्रियांक प्रिया की नजरों में खो जाता है, धीरे धीरे दोनों एक दूसरे के करीब आते हुए गले मिलने लगते हैं। दोनों की नजरें बंद हो जाती है, दोनों के बदन में एक बिजली की करेंट सी दौड़ने लगती है।

प्रिया जी आज मैं आपको अपने आगोश में ले लेना चाहता हूं। अब यह दूरी बरदास्त नहीं होती, आपको पा लेने के लिए तड़प रहा हूं, प्रिया जी प्लिज हमसे एक पल के लिए दूर मत जाइये। प्रियांक लम्बी लम्बी सासें लेते हुए मन ही मन कहता है।

प्रियांक जी आज मैं आपकी हो जाना चाहती हूं, ये दूरी अब बरदास्त नहीं होती, आपके लिय तड़प रही हूं, प्लिज प्रियांक जी हमसे एक पल के लिए भी दूर न जाइये। प्रिया लम्बी लम्बी सासें लेती हुई मन ही मन कहती है।

अब मन ही मन बातें करते हुए एक दुसरे की नज़र में देखने लगते हैं।

प्रिया जी ''प्रियांक पूछता है।

हूं ''प्रिया बंद होठों से आवाज निकालती है।

रूम में चलें ''प्रियांक ने पूछा।

ह................म ''प्रिया ने बंद होठों से कहा।

और फिर प्रियांक प्रिया को गोद में उठा के होटल के कमरे में ले जाता है

''प्रिया जी'' प्रियांक लम्बी लम्बी सासें लेते हुए उसे बाहों में भर लेता है।

प्रिया भी प्रियांक के बाहों में पिघलने लगती है, दोनों एक दुसरे के पीठ को सहलाते हुए एकदम करीब आ जाते हैं। दोनों की आंखें बंद और अब

हु.............हु प्रियांक जी प्रिया जोर जोर से सासें लेती हुई कहती जाती है।

हा............हा .... प्रिया जी जोर जोर से जल्दी जल्दी चुमता हुआ प्रियांक कहता जाता है।

प्रिया जी अब यह दूरी बरदास्त नहीं होती

''हां प्रियांक जी'' मैं भी अब आपके बगैर नहीं जी सकती।

दोनों इसी तरह मन ही मन बात करते हुए एक दुसरे के बहुत करीब आ जाते हैं और प्रियांक प्रिया के चेहरे को चुमते हुए उसके होठों को चुमना शुरू कर लीपलोक

करने लगता है। प्रिया भी उसके आगोश में पिघलती हुई प्रियांक का लीपलोक में साथ देना शुरू कर देती है।

अब दोनों एक दुसरे के साथ पूरी तरीके से एक्साइट हो कर लीपलोक करते जाते हैं कि अचानक प्रियांक को न पा सकने का डर प्रिया के मन में आ जाता है, इधर प्रियांक को प्रिया की किसी की पत्नी होने का ख्याल आ जाता है। यह सोच दोनों अलग हो जाते हैं।

प्रिया दौड़ती हुई तड़पती हुई अपने होटल के कमरे में चली जाती है; प्रियांक तड़पता हुआ रोता हुआ वही खड़ा रह जाता है।

प्रिया विराट होटल वापस आकर भी चैन से नहीं रह पाती है। ये कैसी भावनाऐं थी जो मुझे प्रियांक जी के इतने करीब ले गई, मैं खुद को रोक क्यों नहीं पाई, मैं इतनी स्वार्थी कैसे हो गई ? कहां वह इस देश के इतने बड़े एक्टर और कहां मैं; पर मैं ही प्रियांक जी से नहीं बल्कि प्रियांक जी भी मुझसे प्यार करते हैं पर मुझे उनकी भलाई के लिए यह बात छुपानी होगी कि मैं भी उनसे प्यार करती

हूं। हां मुझे छुपानी होगी ''मैं प्रियांक जी की जिन्दगी में नहीं जा सकती, मेरा कोई हक नहीं है उन पर । ''प्रिया रोती हुई ऐसा सोचती है।

''हे भगवान'' मैं प्रिया जी के बगैर कैसे जिऊंगा ? आज मुझे पता चला सिर्फ मै ही नहीं बल्कि प्रिया जी भी मुझसे प्यार करती है, पर प्रिया जी की भलाई के लिए उनकी शादी बचाने के लिए मुझे यह बात छुपानी पड़ेगी कि मैं उनसे प्यार करता हूं, पर मैं उनके बगैर यह जिन्दगी कैसे काटूंगा ? काश की वह शादी शुदा नहीं होती, काश कि मैं उनसे शादी कर सकता, मेरा प्यार इतने सालों बाद भी इतने करीब होकर भी दूर चला गया। ''प्रियांक प्रिया के लिए तड़पता हुआ मन ही मन सोचता है।

अगला दिन-

प्रिया और प्रियांक दोनों ही गिल्टी फील करते हैं और दोनों ही एक दुसरे को सॉरी बोलना चाहते हैं, पर अचानक प्रिया का मन कह देता है कि प्रियांक जी का मैं कोई गीफ्ट नहीं दी थी, इससे अच्छा गीफ्ट प्रियांक जी के लिए और क्या हो सकता था। इधर प्रियांक के मन में भी यही ख्याल आता है कि प्रिया जी को यह समझाऊंगा कि यह आपके तरफ से मेरे लिए गीफ्ट था यह सोच इस बात को भूल जाओं।

कुछ दिनों बाद :

आज प्रियांक का जिगरी दोस्त फैशन डीजाइनर अजय सांवी की महाबलेश्वर में फैशन डीजाइनींग कॉलेज खुलने की खुशी में पार्टी होती है जिसमें प्रियांक के साथ साथ प्रिया भी इनवाइटेड होती है, इसलिये प्रियांक प्रिया को भी अपने साथ लेकर पार्टी में जाता है।

और अब,

दोनों महाबलेश्वर के लिय कार से नीकलते हैं, प्रियांक कार चलाता है और प्रिया बगल की सीट में बैठी होती है और दोनों बातें करते हैं।

प्रियांक जी अजय जी से आपकी कब की दोस्ती है ? ''प्रिया ने पूछा।

प्रिया जी जिस तरह बिट्टू आपका पड़ोसी था उसी तरह अजय और मेरे घर बर्दवान में मेरे पड़ोस में रहता था। हम दोनों बचपन के दोस्त हैं, साथ स्कूल में कॉलेज मे पढ़े, फिर मैं एक्ओंग सिखने पूने चला गया और वह फैशन डीजाइनीं को कोर्स करने दिल्ली, और अब फिर से दोनों साथ है देख ही रहे हो ''प्रियांक ने कहा।

आज मैं आपको एक समय की बात बताता हूं प्रिया जी तब हम स्कूल में थे ''प्रियांक ने कार ड्राइव करते हुए मुस्कुराते हुए कहा।

चल यार नैनसी टाकिज में बहुत अच्छी पीक्चर लगी है; देखते हैं ''अजय ने खुश होकर मस्ती करते हुए प्रियांक के कान में धीरे से कहा।

पर क्लास ''प्रियांक ने पूछा।

अरे बंक मारते हैं ना ''अजय ने कहा।

तो फिर चल फूल ''ए सी'' है; बड़ा मजा आएगा ''प्रियांक ने कहा।

और अब दोनों

''मास्टर साहब पेट में दर्द हो रहा है'' प्रियांक ने कहा।

''मास्टर साहब सर में दर्द हो रहा है'' अजय ने कहा।

''तुम दोनों को हमेशा साथ में ही कुछ ने कुछ दर्द होता है'' मास्टर साहब ने कहा।

''कहीं नहीं जाना है चुपचाप बैठो'' मास्टर साहब ने फिर से कहा।

थोड़ी देर बाद-

सर बहुत पेट में दर्द हो रहा है ''प्रियांक ने पेट पर हाथ रख कर मुरझाते हुए चेहरे को दिखाते हुए कहा।

हां सर मेरा सर दर्द से फटा जा रहा है, प्लिज सर घर जाने दिजीए ना'' ''अजय ने भी अपने सर पर हाथ रख कर मुरझाया हुआ चेहरे को दिखाते हुए कहा।

और इस तरह प्रिया जी हम दोनों अपने मास्टर को अपने बोतल में उतार लाए ''प्रियांक उन दिनों को याद करते हुए प्रिया को हस्ते हुए बताता है।

फिर क्या हुआ प्रियांक जी ''प्रिया ने मुस्कुराते हुए पूछा।

फिर.................हीरो ने क्या एक्टिंग की थी।

''पिक्चर में है ना ''प्रियांक ने कहा।

''हां'' और तुमने हीरो के कपड़े देखे'' अजय ने कहा।

आज घर जा के मैं मां को बोलूंगा इस साल दिपावली में मुझे इसी हीरो के जैसे कपड़े सिलवा दे ''फिर से अजय ने कहा।

कपड़े तो मुझे भी अच्छे लगे पर इसमें तो बहुत पैसे लग जाऐंगे ''प्रियांक ने कहा।

दोनों यही सब बातें करते हुए नैनसी टाकिज़ से बाहर नीकल रहे थे कि इतने में मास्टर की नजर उन पर पड़ी और यह लोग मग्न हो के बातें करते हुए वहां से चले जा रहे थे।

<u>अगला दिन-</u>

''प्रियांक कुमार'' स्कूल में मास्टर साहब ने कहा।

''जी सर'' प्रियांक ने कहा।

''अजय सांवी'' मास्टर साहब ने कहा।

''जी सर'' अजय ने कहा।

क्या प्रियांक तुम्हारे पेट का दर्द ठीक हो गया ? ''मास्टर साहब ने पूछा।
''जी सर'' ''प्रियांक ने कहा''

और अजय तुम्हारे सर का दर्द ठीक हो गया ? ''मास्टर साहब ने पूछा।

''जी सर '' ''अजय ने कहा।

''इधर आओ'' ''हाथ में छड़ी लेते हुए मास्टर ने दोनों को अपने पास बुलाया''

दोनों डरते हुए आए

फिर तो प्रिया जी हमारी छड़ी से इतनी पिटाई हुई कि पूछो मत ''प्रियांक खिलखिला कर हसते हुए कहा'' और इस बात पे दोनों ही हसने लगे।

प्रिया प्रियांक अजय सांवी की पार्टी में पहुंचे।

‘‘हाय प्रियांक’’ ‘‘हाय प्रिया जी’’ वेलकम, वेलकम, वेलकम हाथ मिला के कहते हुए अजय सांवी पियांक, प्रिया को हग करते है ।

प्रियांक प्रिया भी उसे मुबारक बाद देते है।

साथ ही साथ सभी लोग भी प्रिया प्रियांक से हाथ मिलाकर मिलने लगे।

अब पार्टी शुरू होती है, सब लोग जोड़ी बना कर डांस करते हैं, डांस करने के दौरान जोड़ीया बदलती भी जा रही थी, फिर भी जोड़ीया बदलते हुए भी प्रियांक और प्रिया मुस्कुराते हुए एक दुसरे को ही निहारते जा रहे थे।

<u>थोड़ी देर बाद-</u>

सभी लोग के साथ प्रिया प्रियांक भी डिनर करते हैं

“प्रिया जी आज आपके लिए डिनर में सर्व करूंगा” प्रियांक ने प्यार जताते हुए कहा।

नहीं प्रियांक जी मैं ले लूंगी। ‘‘प्रिया ने कहा।

नहीं मैं सर्व करूंगा; बताइये इन सब डीशेश में आप के फेवरेट डीश क्या है ‘‘प्रियांक ने पूछा।

ह..................साउथ इंडियन डीश ‘‘प्रिया ने कहा।

‘‘वाव’’ वाट ए प्लीजेंट सरप्राइज ‘‘प्रियांक ने बहुत खुश होते हुए कहा।

क्यों प्रियांक जी इसमें ऐसी क्या बात है ? ‘‘प्रिया ने आश्चर्य जाहिर करते हुए पूछा।

क्योंकि मुझे भी साउथ इंडियन डीशेश बहुत पसंद है। ‘‘

‘‘नो आयल एण्ड नो स्पाइसी’’ ‘‘प्रियांक ने कहा।

प्रिया जी चीकेन लोगे ‘‘प्रियांक ने पूछा।

मैं वेजीटेरियन हुं ‘‘प्रिया ने कहा।

प्रिया समझ जाती है कि उसकी और प्रियांक की पसंद भी एक है, उस दिन फेवरेट कलर की ड्रेस और आज फूड इधर प्रियांक भी यह बात समझ जाता है।

‘‘फिर से प्लीजेंट सरप्राइज‘‘ प्रियांक ने कहा।

क्यों प्रिया पूछती है

‘‘मैं भी वेजिटेरियन हूं‘‘ प्रियांक ने कहा।

‘‘प्रियांक जी आप बंगाली हो तो फिश तो खाते होंगे‘‘ प्रिया ने पूछा।

‘‘ प्रिया जी जिस तरह आप पंजाबी हो के भी चीकेन नहीं खाते उसी तरह मैं भी बंगाली हो के फीश नहीं खाता‘‘ प्रियांक ने कहा।

पार्टी में खाने पीने के दौरान-

‘‘वेटर आइसक्रिम लाना‘‘ अजय ने कहा।

प्रिया जी आप बहुत स्वीट हो; मेरे तरफ से स्वीट स्वीट आइसक्रिम हो जाय ‘‘यह कहते हुए अजय प्रिया को आइसक्रिम दे देता है।

<u>थोड़ी देर बाद-</u>

प्रिया जी यू आर सो ब्यूटीफुल; मेरे तरफ से ब्यूटीफुल प्रिया जी के लिय ब्यूटीफूल सा ठंडा ठंडा आइसक्रिम ‘‘अजय का दोस्त तनय ने आइसक्रिम देते हुए कहा।

‘‘तनय जी मैं बहुत आइसक्रिम खाई‘‘ प्रिया ने कहा’।

‘‘बस थोड़ी सी मेरे तरफ से‘‘ तनय ने कहा।

‘‘पर...............‘‘प्रिया ने कहा।

प्रियांक एक जगह पे खड़े होकर प्रिया को मुस्कुराते हुए देख रहा था।

अब इसी तरह सब लोग मुंह मीठा कराने के चक्कर में प्रिया को बहुत आइसक्रिम खिला देते हैं।

<u>तीन घंटे बाद -</u>

पार्टी खत्म हुई, रात भी काफी हो चुकी थी।

सभी लोग अजय को मुबारक बाद कह के अपने अपने घर के लिए निकल पड़े ‘‘इधर प्रिया प्रियांक भी मुंबई के लिए निकल पड़े।

रास्ते में

''प्रिया जी आपको पार्टी में मजा आया'' प्रियांक ने पूछा।

''हु.................बहुत'' प्रिया ने कहा।

थोड़ी देर बाद अचानक बहुत जोरों की बारिश शुरू हो गई। धीरे धीरे बारिश इतनी तेज हो गई कि प्रियांक के लिए कार चलाना भी सम्भवः नहीं हो पा रहा था

इतने में-

''प्रियांक जी अब तो कार रोक ही दिजीए'' प्रिया ने मजाक करते हुए कहा।

''क्यों प्रिया जी'' प्रियांक ने पूछा।

''क्या इस तरह हिचकोले खाते हुए चलेंगे'' प्रिया हस्ती हुई कहती है।

प्रियांक कार रोक देता है और इधर प्रिया को मस्ती सूझती है। प्रिया कार से नीकल के बाहर बारिश की पानी में खेलने लगती है।

प्रिया जी यह क्या कर रहे हो ? तबियत बिगड़ जाऐगी ''प्रियांक ने कहा।

कुछ नहीं होगा प्रियांक जी आप भी आइये ''प्रिया ने कहा।

यह बात सून कर प्रियांक भी कार से बाहर नीकलकर पानी का थोड़ा मजा लेता है।

प्रिया पूरी तरह भींग चुकी होती है,।

कपड़े भींग जाने के वजह से प्रिया के कपड़े बुरी तरह से उसके बदन में सट जाते हैं। प्रियांक उसे उस तरह देख धीरे धीरे उस पर आकर्षित होता जाता है। उसका चंदन सा बदल प्रियांक के मन को लुभाता जाता है, उसके वह पतले से गुलाब की पंखुड़ीयों जैसे होंठ में बारिश की बूंदे देख प्रियांक का मन प्रिया को पा लेने के लिए मचलने लगता है।

थोड़ी देर बाद-

प्रियांक को वैसे भींगा हुआ देख प्रिया भी उस पर आकर्षित होने लगती है; और अब इस तरह दोनों एक दुसरे को आकर्षण की नजरों से देखने लगते हैं कि अचानक जोरों से बिजली कड़कती है और प्रिया डर से प्रियांक के बाहों में सिमट जाती है और अब दोनों एक दुसरे के बहुत करिब आ जाते हैं। थोड़ी देर

बाद प्रियांक महसूस करता है कि प्रिया ठंढ़ से कांप रही है और उसे तेज बुखार भी है। वह झट से प्रिया को कार के पीछे की गेट खोल सीट पे लीटाता है।

''प्रिया जी प्रिया जी'' आंखें खोलिये ''प्रियांक ने कहा।

लेकिन प्रिया एक दम बेहोश सी पड़ी रहती है।

प्रियांक को कुछ समझ नहीं आता है।

''प्रिया जी को आग की गर्मी देनी होगी'' प्रियांक सोचता हुआ मन ही मन कहता है।

यह सोच कर वह कार से बाहर निकल कर लकड़ियां ढूढ़ने लगता है पर सारी लकड़ियां भींग जाने के वजह से कोई जलने लायक नहीं रहती। इधर प्रिया ठंढ़ से कांपती जाती है प्रियांक उसके पास बैठ कुछ सोचते हुए कहता है।

अब तो कुछ दुसरा रास्ता नहीं है। यह जान-

प्रियांक अपने बदन के कपड़े उतार कर प्रिया के भी बदन के कपड़े उतारता है और उसे अपनी बांहों में भर कर कार की सीट के कपड़े फाड़कर ओड़ लेता है और उसे अपने बदन की गर्मी देने लगता है।

क्या होगा दोस्तों आज की रात क्या प्रियांक आज अपनी मर्यादा तोड़ देगा या फिर प्रिया ही उसे मर्यादा तोड़ने के लिय मजबुर कर देगी। प्रिया के लिय प्रियांक की मुहब्बत आज क्या रंग लाएगी या फिर प्रिया के जिस्म को प्रियांक के जिस्म से काम नहीं चलेगा और प्रिया को बचाने के लिए मजबुरन प्रियांक को अपनी सिमा रेखा पार करनी ही पड़ेगी जिसमें प्रिया भी बहती चली जाएगी। क्या होगा ?

क्या आप जानना चाहेंगे दोस्तों आज की रात प्रियांक प्रिया ने सेक्स किया या नहीं ?

अगली सुबह

प्रिया सोई रहती है; प्रियांक की आंख खुल जाती है। वह सुबह सुबह प्रिया का सुंदर सा चेहरा देख

''प्रिया जी'' काश; आप मेरी पत्नी होती तो मैं रोज सुबह आपके मोहिनी सी सूरत को यूं ही नीहारता रहता ''प्रियांक ने मन ही मन सोचा।

थोड़ी देर बाद

''ज़रा बाहर नीकल कर देखता हुं धुप खिली है या नहीं'' प्रियांक ने मन ही मन कार की सीट के कपड़े ओढ़े हुए में देखता हुआ सोचता है।

बाहार नीकल कर देखा तो धुप खिली हुई थी; वह अंगड़ाई लेने लगा और फिर अपने कार के उपर अपने और प्रिया के कपड़े सुखने को दे दिया।

थोड़ी देर बाद जब प्रिया की आंख खुली तो वह अपने बदन में सिट की कोवर ओड़े हुए देख कर थोड़ा घबरा गई।

''प्रियांक जी मेरे कपड़े'' सिट की कोवर को अपने दोनों हाथों से पकड़ कर बैठते हुए प्रिया कहती है।

''प्रिया जी हम दोनों के कपड़े सुख रहे हैं'' प्रियांक ने प्रिया की ओर पीठ करते हुए कहा।

प्रियांक यह बात समझ जाता है कि प्रिया इस वक्त क्या सोच रही होगी।

''प्रिया जी'' प्रियांक ने कहा।

''प्रियांक जी'' प्रिया ने कहा।

मैं सिर्फ आपको बचाने के लिए अपनी बदन की गर्मी दिया हूं; अपनी मर्यादा का उल्लंघन नहीं किया प्रिया जी 'सो जस्ट रीलेक्ट''।

इधर दोनों के कपड़े सुख जाते है; प्रियांक प्रिया को चेहरा घुमाते हुए कपड़े दे देता है और खुद भी कार के बाहर कपड़े पहन लेता है।

''प्रिया जी अंदर आऊं क्या'' प्रियांक ने पूछा।

''जी आ जाइये'' प्रिया घबड़ाती हुई शरमाती हुई कहती है।

प्रियांक कार की सीट पर आकर बैठ जाता है और प्रिया को भी बगल की सीट पर आकर बैठने को कहता है। प्रिया घबराती हुई संकोच करती हुई प्रियांक के बगल वाली सीट में आकर बैठ जाती है और प्रियांक ड्राइव करते हुए प्रिया को साथ लेकर वापस मुंबई चला आता है।

इधर प्रिया की राइटींग खत्म हो जाती है और प्रिया के उदयपूर वापस लौट जाने के वजह से प्रिया प्रियांक फिर से अलग हो जाते हैं।

छह महिने बाद :

एक दिन अचानक अरूण पाठक का प्रिया को फोन आता है और वह कहते हैं कि प्रिया की लिखी हुई लव स्टोरी की पिक्चर बन चुकी है और परसों वह रीलीज़ होने वाली है; तो प्रिया वापस मुंबई चले आऐ।

यह बात सुनते के साथ प्रिया खुशी से झूम उठती है और वह उदयपूर से फ्लाइट से वापस मुंबई चली आती है और इससे भी ज़्यादा वह तब खुश होती है जब वह यह जानती है कि उसकी लिखी हुई लव स्टोरी का हीरो कोई और नहीं बल्कि उसके प्रियांक जी ही हैं।

प्रियांक जी आपने मुझे बताया क्यों नहीं कि मेरी लिखी हुई स्टोरी के हीरो आप हो। ''प्रिया ने कहा।

अगर मैं आपको पहले बता देता तो यह खुशी आपके चेहरे में कहां से देख पाता। ''प्रियांक ने कहा।

अब एक दिन बाद फिल्म् रीलीज़ हो जाती है; और पिक्चर सूपर-डूपर हीट कर जाती है।

कुछ दिनों बाद :

फिल्म् का एवड् शो होता है; जिसमें प्रिया की लिखी हुई लव स्टोरी को देश के राष्ट्रपति द्वारा पुरस्कार से नवाज़ा जाता है।

प्रिया अपनी कामयाबी का श्रे फिल्म् के प्रोड्यूसर, डायरेक्टर ऑफ स्क्रीन एक्टर्स ऑन स्क्रीन एक्टर्स के साथ साथ किशोर भरत को भी देती है और कहती है एक अकेला इंसान कुछ नहीं कर सकता अगर लोग उसका साथ न दें तो।

और इधर प्रियांक को भी अच्छी एक्टींग के लिय एवड् मिलता है।

इधर करण और बिट्टू ठान लेते हैं कि वह दोनों प्रियांक और प्रिया को एक कर के ही रहेंगे क्योंकि राष्ट्रपति से प्रिया की कहानी को पुरस्कार मिलने के बाद वह अब देश की नं० वन राइटर बन चुकी थी, पर प्रियांक को अभी भी ''यह बात नहीं पता थी कि प्रिया की शादी टूट चुकी है'' इसलिय वह उससे शादी कर सकता है।

तीन दिन बाद :

आज प्रियांक का शूट है, जिसमें प्रियांक को रस्सी के सहारे पहाड़ से कुदना है।

हे भगवान चाहे हमारे तरिके गलत हो पर इरादें नेक है प्लिज भगवान प्रियांक जी और प्रिया जी को मिलाने में आज हमारी मदद करना ''करण और बिट्टू ने साथ में भगवान से मन ही मन प्रार्थना कि। और अब-

प्रियांक जी को सेफ्टी बेल्ट बांध दो ''डायरेक्टर ने कहा।

प्रियांक पहाड़ पर खड़ा था और प्रिया भी बगल में खड़ी थी।

लाओ मैं प्रियांक जी को सेफ्टी बेल्ट बांध देता हूं।

''करण ने कहा।

ऐसा कह करण सेफ्टी बेल्ट डीला प्रियांक को बांध देता है।

प्रियांक शूट के दौरान पहाड़ से उतरने लगता है कि अचानक प्रिया के हाथ के चुड़ी में जो बिट्टू ने रससी फंसा दि थी उसके वजह से प्रिया भी प्रियांक के साथ पहाड़ से उतरने लगती है। इधर एक तरफ करण और दुसरी ओर बीट्टू रससी के सहारे पहाड़ से उतरने लगते है। प्रिया प्रियांक के बाहों को डर से अच्छे से पकड़ लेती है, इधर प्रियांक भी प्रिया को अच्छे से पकड़ लेता है!

दोनों एक दुसरे को प्यार भरी नजरों से देखते हुए पहाड़ पर से उतरने लगते हैं, कि अचानक प्रियांक की रस्सी पहाड़ के नोक से लगके धीरे धीरे कटने लगती है।

''ये क्या हो रहा है प्रिया जी ? रससी कट रही है'' प्रियांक ने घबराते हुए कहा।

''अब क्या करें प्रियांक जी'' ? प्रिया ने घबराते हुए पूछा।

इतने में करण और बिट्टू की नजर प्रियांक की रससी पर पड़ती है। वह सोचने लगता है कि यह क्या हो रहा है मैं तो सेफ्टी बेल्ट ढ़ीली लगाया था और बिट्टू को भी कुछ ऐसा करने को कहा था कि प्रिया जी प्रियांक के साथ नीचे उतरने लगे और सेफ्टी बेल्ट फेल कर जाने के वजह से डर से दोनों एक दुसरे से अपने मन की बात कह दे। ''करण ने सोचा।

कहते हैं इंसान या तो प्यार की वजह से दिल की बात किसी से कहता है या फिर डर के वजह से। ''बिट्टू ने सोचा।

पर यह क्या हो रहा है यह तो पत्थर की नोंक से लगकर रससी कट रही है।

अब कैसे बचेंगे प्रियांक जी ? ''प्रिया ने पूछा।

इतने में बिट्टू को प्रियांक उसकी ओर तकलिफो का सामना करते हुए आते देखता है। प्रियांक बिट्टू की रससी पतली देख कर समझ जाता है कि बिट्टू के साथ कोई एक ही जा सकता है वरना उसकी भी रस्सी टुट सकती है।

प्रिया जी वो देखिए बिट्टू आ रहा है आप उसके साथ चले जाइए। ''प्रियांक ने कहा।

''नहीं प्रियांक जी आप बिट्टू की रससी पकड़ लिजीए ''प्रिया ने कहा।

प्रिया जी आप बिट्टू के साथ चल जाइये ''प्रियांक ने ज़िद करते हुए कहा।

नहीं प्रियांक जी मैं आप को अकेला छोड़कर नहीं जा सकती ''प्रिया ने कहा।

प्लिज प्रिया जी समझने की कोशिश करिये बिट्टू की रससी पतली है; हम दोनों अगर चले जाऐंगे तो उसकी भी रससी टूट सकती है? इसलिये आप जाओ ''प्रियांक ने कहा।

''नहीं प्रियांक जी ऐसी बात है तो फिर आप जाओगे'' प्रिया घबराती हुई कही।

''नहीं प्रिया जी मैं आपके बगैर जी नहीं सकता'' प्रियांक घबराता हुआ कहा।

''तो क्या प्रियांक जी मैं आपके बगैर जी सकती हुं, ?'' प्रिया घबराती हुई कही।

इधर प्रियांक की रससी और भी बुरी तरीके से कटती जा रही थी।

''प्रियांक जी प्लिज जल्दी से बिट्टू की रससी पकड़ो'' प्रिया ने घबड़ाते हुए कहा।

''नहीं प्रिया जी आप पकड़ो'' प्रियांक ने घबड़ाते हुए कहा।

''प्रियांक जी सारा हिन्दुस्तान को आप चाहिए'' प्रिया ने घबड़ाते हुए कहा।

''पर मुझे प्रिया जी आप चाहिए'' प्रियांक ने घबड़ाते हुए कहा।

इतने में रससी कट जाती है

रससी टूटते हुए दोनों डर से घबराते हुए हाथ पकड़ के कह बैठते हैं।

लव यू प्रियांक जी ''प्रिया कहती है''।

लव यू प्रिया जी ''प्रियांक कहता है''।

अब दोनों गीरने लगते हैं पर बिट्टू प्रिया को पकड़ लेता है और करण प्रियांक को। नीचे नेट भी बंध जाती है जो कि बिट्टू और करण द्वारा बांधी गई थी और चारों आराम से नीचे उतरने लगते है।

प्रियांक जी ''प्रिया ने कहा।

प्रिया जी ''प्रियांक ने कहा।

आप ठीक हो ना ''दोनों ने एक साथ एक दुसरे के हाथों को और गालों को छुते हुए आंखों में अश्क लिय हुए प्यार भरी नजरों से देखते हुए कहते हैं।

लव यू प्रिया जी ''प्रियांक प्रिया के पूरे चेहरे को किस करते हुए कहता है।

लव यू प्रियांक जी ''प्रिया प्रियांक के होठों को किस करते हुए कहती है।

आज करण और बिट्टू प्रियांक, प्रिया के मुंह से एक दुसरे की सच्चाई निकलवा कर तो बहुत खुश होते है पर अभी भी करण और बिट्टू को एक बात समझ नहीं आती है कि प्रियांक की

सेफ्टी बेल्ट ढ़ीली होने पर भी वह नहीं खुली और दुसरा यह कि सूट से पहले मोएने के वक्त तो कोई पथ्थर की नोक नीकली हुई थी ही नही ंतो अचानक पथ्थर की नोक कहां से आ गई ?

क्या यह कोई कुदरत का करिश्मा तो नहीं ? जो बिट्टू और करण के द्वारा सम्पूर्ण हुई है। कहते हैं भगवान किसी की मदद के लिय खुद सामने नहीं आते हैं किसी इंसान को मदद के लिए जरूर भेज देते हैं।

खैर करण सर, वजह कुछ भी हो प्रिया और प्रियांक जी एक दुसरे से लव यू कह तो दिये ''बिट्टू ने कहा। और अब,

आखीर प्रिया प्रियांक को इतने सालों की तपस्या अब जाकर रंग लाई और वो दिन आ ही गया जिसका प्रिया प्रियांक को बेसब्री से दिल में कहीं न कहीं इंतज़ार था, कल प्रिया से प्रियांक की शादी है और आज सभी महमान प्रियांक के घर पर आने लगे हैं। अरूण पाठक अपने सेट को ही प्रिया का माईका बना दिये हैं और आज हल्दी, मेंहदी, संगीत की रश्म है।

प्रिया को सभी महिलाओं ने सुंदर सी पीले रंग की साड़ी पहनाकर उसके शादी वाले मंडप पर बिठाती है। पीले रंग की साड़ी साथ में सर पे पीले रंग की चुन्नी ओड़े हुए प्रिया बहुत खुबसुरत लगती है उधर प्रियांक भी पीले रंग का पिजामा कुर्ता पहने बहुत खुबसुरत लग रहा है।

सभी लोग प्रिया को हल्दी लगाने को तैयार थे कि इतने में सामाने से प्रतिमा बोलती है।

''एक मिनट'' ''प्रतिमा ने कहा।

सब लोग चौंक के देखने लगते हैं।

सबसे पहले हल्दी मेरी ननद रानी को उसके देसाई अंकल और अंटी जो कि उनके माता पिता के जैसे हैं वो लगाऐंगे।

प्रिया अपने अंकल आंटी को हल्दी के वक्त देख कर बहुत खुश होती है।

अब हल्दी की रस्म् शुरू होती है।

सबसे पहले प्रिया के देसाई अंकल-आंटी उसे हल्दी लगाते हैं, फिर प्रतिमा और तब बाकी औरतें।

इधर हर एक पल प्रियांक प्रिया को फोन करता रहता है; प्रिया अपना मोबाइल साइलेंट में कर देती है पर फिर भी एक बार प्रतिमा और सारी औरतें देख ही लेती है।

क्या प्रिया जी एक रात की तो बात है पर प्रियांक जी को सब्र नहीं हो रहा है। ''वहां की एक महिला ने कहा।

''हा......................प्रिया'' प्रतिमा ने मजाक करते हुए कहा।

प्रिया मुस्कुराते हुए शरमा जाती है।

फिर,

थोड़ी देर बाद फिर से प्रियांक का कॉल आता है ''पर'' प्रिया से मजाक करते हुए प्रतिमा प्रियांक का फोन उठाती है।

क्या प्रियांक जी कल शादी है; बस आज की रात सब्र कर लो ''प्रतिमा ने मजाक करके हॉ हॉ हॉ हसते हुए कहा।

प्रियांक उधर शरमा के फौरन फोन काट देता है। इधर प्रिया की हल्दी की रस्म् होने के बाद मेंहदी और संगीत की रस्म साथ साथ होते हैं; जिसमें सभी औरतें पूरे हर्ष उल्लास के साथ हरेक विध को पूरा करती है।

उधर प्रियांक के भी घर में हल्दी, मेंहदी, संगीत में सभी रिश्तेदार खुब मस्ती करते हैं और बहुत खुशियां मनाते हैं।

इधर प्रियांक का मन प्रिया से मिलने के लिए बेचैन उधर प्रिया का मन प्रियांक से मिलने को बेचैन ,दोनों तरफ हालात एक सी ''इधर प्रियांक प्रिया को फोन कर के परेशान, उधर प्रियांक का फोन प्रिया ने उठा के पेरशान।

<u>रात दो बजे-</u>

हल्दी, मेंहदी, संगीत खत्म् हो चुके थे। सब लोग के सो जाने के बाद प्रियांक चुप चाप उठता है।

सब लोग सो चुके हैं ''आईडिया'' ''प्रियांक यह सोचता हुआ बिस्तर से उठता है।

इधर उधर सब के कमरे चेक कर लेता है, सब लोग आराम से सो रहे होते हैं और तब प्रियांक अपनी कार स्टार्ट कर के चुपचाप प्रिया के घर चला जाता है।

उधर प्रिया के दिल में प्रियांक का इंतजार था, वह भी करवटें बदलते हुए रात गुजार रही थी; वह प्रियांक के लिए बेचैन होकर बिस्तर से नीचे उतरकर टहलने लगती है कि अचानक वह अपने रूम के पीछे की खिड़की से प्रियांक को कार से आता देख वह फौरन अपने रूम के दरवाजे खोल कर सब को देखने लगती है ''कि सब लोग सोये हैं या नहीं'' सब को सोता हुआ देख प्रिया निश्चींत हो कर अपने रूम में आती है ''इधर प्रियांक प्रिया के रूम में खिड़की से उसके कमरे में आ जाता है।

अपने रूम में आकर दरवाजा बंद कर ठंडी आहे लेती है तो अचानक वह जब अपने कमरे के बेड में प्रियांक को सोता देख फौरन दरवाजे की किल्ली लगा देती है।

''प्रिया जी आपने दरवाजा बंद कर लिया; अब आ जाओं हमारे पास'' प्रियांक ने आशिकाना नजरों से देखते हुए प्रिया से कहा।

प्रियांक जी आप क्या कर रहे हो ? कल हमारी शादी है। ''प्रिया घबराती हुई हाथ का इशारा कर प्रियांक से कहती है।

ह................मृ '' पर अब मैं आपसे दूर नहीं रह सकता'' 'प्रियांक प्रिया को अपनी ओर बेड पे खिचता हुआ आशिकाना नजरों से देखता हुआ कहता है''।

प्रिया को आशिकाना नजरों से देखते हुए प्रियांक अपने बांहों में भर लेता है; धीरे धीरे प्रिया भी पिघलती जाती है और

प्रिया जी आप चंडीगढ़ के रहने वाले हो ना ? "प्रियांक ने पूछा।

"जी प्रियांक जी" वैसे आप चंडीगढ़ आऐं हो ना ? "प्रिया ने प्रियांक के सवाल का जवाब देकर सोचते हुए पूछा"।

हां बहुत साल पहले मैं मेरे फिल्म् के प्रोमोशन के लिय चंडीगढ़ गया था "प्रिया जी आज भी उस हाथों का छुअन का एहसास है मुझे, जो आप का था" "प्रियांक ने प्रिया को आशिकाना नजरों से देखते हुए कहा।

यह बात सून प्रिया की आंखें छलक जाती है कि उसके प्रियांजी जी भी उससे उतना ही प्यार करते हैं जितना की वह क्योंकि उसके मन में भी यही बात चल रही थी।

"हे प्रिया जी" "वाट इज हेपेनिंक" "नो टीयर्स" "प्रियांक ने प्रिया के आंखों को चुमते हुए कहा।

प्रिया भी प्रियांक को आशिकाना नजरों से देखने लगती है।

प्रिया जी आप मुझसे इतना प्यार करती थी "तो इतने साल मेरे बगैर गुजारी कैसे ? प्रियांक ने पूछा।

"जैसे आप प्रियांक जी" प्रिया ने प्रियांक के गालों में हाथ रखते हुए कहा।

थोड़ी देर बाद-

प्रियांक जी जब आपकी बहुत याद आती थी तो आपके पोस्टर से मन ही मन मिल के बात कर लिया करती थी। "प्रिया प्रियांक को प्यार भरी नजरों से देखती हुई कहती है।

आज की रात प्रिया प्रियांक अपनी सीमा रेखा को पार कर जाते हैं और सेक्स करते हुए इसी तरह सारी बातें कर लेते हैं।

अगली सुबह

प्रिया की नींद टूटती है, और वह हड़बराती हुई उठती है प्रियांक जी कितने खुबसुरत लग रहे हैं, प्रिया सोचती है, पर सुबह हो गई लोग आ जाऐंगे "वह घबराती हुई मन ही मन कहती है।

प्रियांक जी सुबह हो गई ''प्रिया ने कहा।

प्रियांक नहीं जागता है

प्रियांक जी ....सुबह हो गई ''वह घबराती हुई कहती है।

प्रियांक जी सुबह हो गई ''थोड़ी देर में आगे की रस्मों के लिए मुझे ले जाने आऐंगे'' ''प्लिज उठिये''....................''प्रिया ने फिर से घबड़ाते हुए दरवाजे की ओर देखते हुए कहा।

इतने में प्रिया का दरवाजा लोग खटखटाना शुरू कर देते हैं; प्रियाक हड़बड़ा कर बेड से उठता है और प्रिया का कीस करता हुआ प्रिया के रूम की पीछे की खिड़की से भागता है।

इधर प्रिया की रस्म शुरू होती है; इसी रस्मों के दौरान जब उसे पता चलता है कि उसके देसाई अंकल का बेटा अपने माता पिता को अमेरिका में नौकर न मिलने के वजह से अपने माता पिता को नौकर बनाने के लिय बुलाया था तो उसे बहुत बुरा लगता है। और वह अपने देसाई अंकल और अण्टी को उदरपुर में रहने के लिए उनसे बिन्ती करती है और उन्हें अपने माता पिता के जैसा ख्याल रखने का वादा करती है।

कुछ घण्टे बाद

प्रिया प्रियांक की शादी में लोग सब धीरे धीरे आने लगते हैं। प्रिया दुलहन बन प्रियांक के आने का विचार बेसब्री से करती है उधर प्रियांक दुलहा बनकर घोड़े पर सवार होकर बारात लेकर आता है।

प्रियांक प्रिया की शादी में मुंबई के सभी बड़े-बड़े निर्माता, निर्देशक, एक्टर, प्रियांक की यूनीट, सभी लोग मौजूद होते हैं । और अब विवाह की बिधी शुरू होती है

मंत्र

सर्व मांगल मांगल्ये शिवे सर्वार्थसाधिके
शरण्ये त्रयम्बके गौरी नारायणी नमोस्तुते
वक्रतुण्ड महाकाय सूर्यकोटिसमप्रभ
निर्विघ्नं कुरू मे देव सर्वकार्येषु सर्वदा

देसाई अंकल और आंटी प्रिया को अपनी बेटी मान उसका कन्या दान कर अपने माता पिता के जैसा होने का फर्ज निभाते हैं। इधर प्रतिमा और हर्ष प्रिया का गठबंधन करके भाई भाभी होने के जैसा फर्ज निभाते हैं।

आज तक मैं खुद को तसल्ली दिया करती थी कि भगवान ने मेरी तकदिर सोने की कलम से लिखी है पर प्रियांक जी आज आपको पाकर ऐसा लगा जैसे सही में भगवान ने मेरी तकदिर सोने की कलम से लिखी है। प्रिया प्रियांक को घुंघट के अंदर से देखती हुई सोचती है।

प्रिया जी भगवान ने सिर्फ आप ही कि तकदिर सोन की कलम से नहीं लिखी है, बल्कि आज आप को पा कर ऐसा लग रहा है कि भगवान ने मेरी भी तकदिर सोने की कलम से लिखी है। प्रियांक प्रिया को घुंघट में देखता हुआ सोचता है।

Printed by Libri Plureos GmbH in Hamburg, Germany